說給我的孩子聽系列　**面對人生的10堂課**

說給我的孩子聽系列　**面對人生的10堂課**

面對人生的10堂課

時間

出版序

學校沒有教的事，讓我們說給孩子聽

有好多事，我們想說給孩子聽。

教改實施後，升學壓力仍在，許多家長雖然於心不忍，卻還是得讓孩子面對激烈的學習競爭。「不能輸在起跑點上。」我們常這樣叮嚀孩子，但看到孩子拖著疲累的步伐趕赴學校、補習班，看到孩子的眼神不再有熱情和渴望，對自己失去信心，我們還能說服自己，這一切都是爲他們好嗎？

記得有個朋友曾聊起他的兩個兒子。他的大兒子功課很好，從進小學到畢業，都是第一名；小兒子調皮好動，功課總是吊車尾。他和他太太覺得，上天已經給了他們一個優秀的兒子，如果要求兩個孩子一樣好，那就太貪心了。既然小兒子不是讀書的料，他們對他的教育一向是「快樂就好」，讓他自由參加活動、發展興趣，從不逼他讀書。

上國中後，有一天，小兒子的導師打電話給他：「你兒子的智力測驗全班最高，功課卻很不好，我教書二十多年，從沒見過這種情形。」熱心的導師鼓勵他小兒子讀書，從此成績開始進步，後來考上醫學院，當了醫師。

原來，他小兒子是自覺比不上哥哥才不想唸書。由於父母沒給壓力，他得以自由發展，一直過得很快樂。朋友相信，就算他小兒子功課一直不好，考不上好學校，這種樂觀的態度也會跟著他，使他一生都受益！

聽了這段往事，讓我感觸很深，我想我們做父母的有必要重新思考，什麼樣的教育對孩子最有益？哪些人生建議能眞的幫助他們成長？

其實，教育最初的目的，是幫助一個人了解自己、發展自己，並能在生活中實際參與及互動。讀書考試之外，還有好多我們必須天天面對的事：

金錢——建立正確的金錢觀念，創造價值

時間——培養正確的時間觀念，把握分秒

個體與群體——認同群體，發展自我

溝通與表達——說自己想說的話，與世界相連

興趣與志向——做自己想做的事，發揮所長

身心健康——愛護身體，學習保健之道

生與死——了解生命的價值，體會生命的祝福

邏輯與智慧——提升思考能力，擴展人生格局

對台灣的愛——深化對家鄉的認同與感情

未來生活——展望未來，有自信面對未知的變化

這些事，在教科書裡找不到，考試也不會考，卻與人生幸福息息相關，需要我們說給孩子聽！這些事，就編寫在《說給我的孩子聽——面對人生的10堂課》裡，是您給孩子最好的禮物！每個主題都包含多則小故事，在孩子探索的過程中，您的陪伴將給他們信心，您的分享能減少他們的摸索——每則故事後還附有延伸問答，您和孩子可以輕鬆開啟話匣子，分享彼此的想法。

多麼希望在自己年輕時，也有這樣一套書來說給我們聽，減輕我們人生路上的徬徨與不安。早知道，早幸福，總有一天，孩子也跟我們一樣要面對真實的世界，相信有了這10堂課，他們對未來會更有信心！

簡志忠

時間

時間

前言

利用時間創造奇蹟

「快一點！」

「來不及了！」

「等一下！」

「又做不完了！」

這幾句話，是不是很常聽到呢？對現代人來說，時間似乎總是不夠用。手腕上的錶、牆壁上的鐘，隨時隨地催促著我們，有時不免懷疑，到底是我們在規劃時間，還是時間在吞噬我們。

其實，我們都明白，只要專心一意，許多事並不需要太多時間就能完成；只要預先規劃輕重緩急，按部就班並非難事。只是我們常任由怠惰的心態牽引，把時間虛擲在猶豫、擔心、逃避、抱怨、後悔的情緒之中，終究一事無成。

其實，我們也都明白，許多名人、偉人都因爲善用時間而獲致成功，因爲時間本來就是創造一切的基本條件——只有靠時間的醞釀，存款才能生出利息、農作物才能成熟收割、學習成果才能累積——善用時間，是可以創造奇蹟的！

一個人的時間觀念，往往成爲影響一生的習慣。良好的習慣可以替我們節省大量的生命，讓我們在有限的生命中成就得更多。我們有這樣的體會：

年輕時對時間漫不經心的人，日後很可能養成沒效率的做事態度。

喜歡拖延的人，終其一生都在爭取那最後的五分鐘。

凡事做好計畫、按部就班的人，雖然看似不知變通，卻能有效完成最多的工作。

如果能在年輕時就建立愛惜時間的觀念，如果能在年輕時就養成有效率、今日事今日畢、專心一意的習慣，人生會有多麼大的不同！這樣的觀念，我們希望孩子早點知道！

《面對人生的10堂課——時間》就是基於這樣的理念而編輯的。透過三十則生動有趣的小故事，描寫生活中最常見的時間課題，而每則故事之後，更編寫耐人尋味的問答，藉由小朋友和大朋友的對話，提示多元的觀點，也讓親子有延伸討論的空間。

雖然我們不能送給孩子更多的時間，但相信藉由傳遞愛惜、善用時間的觀念，我們可以讓孩子更從容地面對生活、享受生命，也能創造自己生命中的奇蹟！

感謝林清玄先生、侯文詠先生、蔡志忠先生，在書中與讀者分享對時間的體驗和看法。

滴答滴答，時光飛逝

怎樣分配時間，才能把事情都做完呢？
我也不想臨時抱佛腳，可是總等到火燒屁股才……
遇到做事慢吞吞的「烏龜」，真是受不了！
遲到只是小毛病，有什麼大不了？
才藝班排得滿滿的，每天都好累哦！
為什麼不能先看電視，再寫功課？
上課的時候，時間好像過得特別慢！

我想做功課！

該做的事，先做再說

雖然大家都說大姑姑改正了我的時間觀念，但是至今我仍想不透，她到底做了什麼？我想，如果我說出事情的經過，你一定也會跟我有同樣的想法。

事情的開始，是在上個學期開學的時候……

爸爸媽媽因爲工作的關係，要出差離開台灣兩個月，不得已只好把我「寄放」在大姑姑家。我雖然不願意，但一想到可以玩姑丈的電動玩具，就勉爲其難的答應了。記得媽媽送我到大姑姑家的那天，除了嘀嘀咕咕交代我一大堆該做和不該做的事情之外，我還聽到她小聲的對大姑姑說：「這孩子每天都要拖到睡覺前才肯做功課，而且喜歡賴著爸爸幫他做練習。」

我看到大姑姑不斷的點頭和微笑，一定是認同了媽媽的想法。其實只要把功課寫完，不挨老師罵就好，媽媽爲什麼總愛管我什麼時候做這個、什麼

時候做那個呢？難道她們就沒有其他方式可以施展大人的威風了嗎？我一邊想，一邊偷偷盯著大姑姑看，眞想知道她心裡在想什麼？

吃過晚飯，還不到七點，應該可以休息一會兒，時間還多的很呢！我迫不及待的打開電視收看小丸子卡通。姑姑看了，一句話也沒說，笑容和早上一樣燦爛。

八點到了，當我正準備自動自發到書房去寫功課時，看到姑丈的電腦開著，桌上放著最新版的遊戲光碟，心裡不斷掙扎著：「玩一盤吧！才花十五分鐘，沒什麼關係啦！」忍不住內心的煎熬，我終於下定決心，握住滑鼠，玩過這盤遊戲再說吧！

「小毛！該上床睡覺了。」天啊！怎麼沒人提醒我，已經十點了？功課還沒有做完，怎麼辦？

「早睡早起，身體健康最重要。」大姑姑依然笑容燦爛，卻毫無商量餘地的將我硬拖上床。我雖然有點擔心明天會被老師處罰，但看到姑姑的笑容，心想這件事應該不會太嚴重才對。

沒想到第二天，當老師看到我的空白作業簿時，我知道我完蛋了！老師在全班同學的面前說我是個「沒有責任感的學生」，罰我放學後留下來掃廁所，而且掃完廁所還得把昨天的功課做完才能回家。

當我拖著疲累的身體和受傷的心靈走進姑姑家門時，那張燦爛的笑臉立刻迎了上來，姑姑要我快洗手吃飯，別想太多，飯後依然可以想做什麼，就做什麼！我看著姑姑的笑容，心想：哼！功課做不完被罰掃廁所的是我，又不是妳，我才不會那麼容易上當呢！

今天晚上，我要重新安排自己的時間，最重要的是先把功課做完，其餘的待會兒再說！

（許玉敏）

安排時間實在不容易！

這是因爲我們常常在「想做」的事情上花掉太多時間，例如看電視、玩遊戲和吃東西，而原本「該做」的事情反而沒時間做，例如做功課、鍛鍊身體或練琴。不過花些時間做想做的事情，也沒什麼不對，畢竟讓自

己快樂是很重要的。

有可能把「想做」和「該做」的事都做完嗎？

只要適當分配時間就可以了！老天爺很公平，給每個人每天二十四小時，沒有人多，也沒有人少，可是有些人可以從容的做好每一件事，有些人卻急急忙忙什麼也做不好。這是爲什麼呢？仔細想想，關鍵就在於分配時間的技巧。

如何分配時間，才能把所有的事情都做好呢？

估計一下「該做」的事需要花多少時間，只要能有效率的完成該做的事，剩下來的時間都可以用來做「想做」的事了！這樣一來，不但可以放鬆心情享受「想做」的事情，也不用擔心「該做」的事沒做完，被老師和父母責罰了！

超級暑假計畫

按部就班，何需臨時抱佛腳？

每年暑假是我最開心、也最痛苦的時候，開心的是一連放這麼長的假，不必上課，也不必考試，眞是樂翻了；痛苦的是開學前一個禮拜，有一大堆暑假作業要「趕工」，連續好幾天熬到三更半夜才能勉強交差。

爸媽快被我氣死了，都說：「下次再這樣，暑假就不帶你去露營了。」可是，這怎麼能全怪我呢？要怪就怪學校，既然放暑假了，幹嘛還要我們寫作業呢？

今年是我小學的最後一個暑假，我想，這個暑假要有一番新作爲才好，於是我從學期末就開始計畫如何利用假期好好玩樂，而且啊，我還想出一個「對付」暑假作業的妙招，哈哈！保證萬無一失。

妹妹也被暑假作業搞得很頭痛，所以我偷偷的把她叫進房間來商量，

布告欄

說：「婷婷，哥想到一招快速完成暑假作業的方法，我們今年可以無憂無慮，大玩特玩了！」

「是什麼方法？」妹妹一聽，眼睛立刻亮了起來。

「嘻嘻，我先賣個關子，到時候妳就知道了！」妹妹一向是我的「應聲蟲」，在我拍胸脯保證下，她當然是開心的跟我一起行動。

暑假照慣例，每天非睡到太陽晒屁股不過癮，白天找朋友一起打球、打電動、看漫畫，週末就拉著爸媽帶我們去遊樂場、度假村或海水浴場玩，真是快樂似神仙，至於暑假作業這檔事，早就拋到九霄雲外了。

愉快的日子好像總是過得特別快，一晃眼，「恐怖的最後一周」又悄然來臨了。

「哥，你的『法寶』趕快拿出來，快開學了耶！」妹妹如夢初醒，指著日曆擔心的說。

「放心啦，我的『超級快速作業法』要登場了！」其實方法很簡單，日記我和妹妹各寫幾篇，然後再相互抄對方的就可以免傷腦筋了；作文則把以前在作文補習班時寫的作業拿來依樣畫葫蘆；畫圖的部分構圖由我來，妹妹只要負責上色即可。老師說過，工廠的女作業員只做單一的工作，速度卻可以變快，我就是從這個得到的靈感。

我和妹妹用這種「撇步」趕工，雖然速度快，但臨時抱佛腳還是挺累人的，而且我萬萬沒想到，「報應」居然在開學後兩個禮拜就發生了。

那天老師對全班宣布，我有一篇暑假作文寫得不錯，被張貼在學校的公布欄上。下課後，我立刻興奮的衝到布告欄前去看：「六年八班，王韋植，題目『掛急診的那一夜』。」正開心的當頭，突然又看到「四年七班，王韋婷，題目『掛急診的那一夜』……」天啊！內容一字不差，怎麼辦？我讓妹妹抄的作文居然同時被張貼了出來，頓時我眞想找個地洞鑽下去。

結果當然被老師罵了一頓，還被全班嘲笑了好幾天。唉，眞是糗大了，如果還能重來，我一定不會再這樣自作聰明了。

（王一婷）

每次放暑假前，我都先定好寫作業的計畫，可是到後來還是拖到開學前幾天才熬夜趕工，真累！

和讀書寫作業相比，玩樂當然比較吸引人。我們把暑假作業擺著不做，是覺得它很枯燥無聊，把它看成一種負擔。其實暑假作業的目的是爲了幫我們複習過去所學，也鼓勵我們在假期中繼續學習。如果我們能體會暑假作業對我們有幫助，排斥的心就不會那麼強烈了！

雖然我每次都下定決心，不要再臨時抱佛腳，但不知道為什麼，老是重蹈覆轍……

這個世界上意志堅定的人並不多，大部分的人到了安逸的環境中都容易放縱自己，所以不必覺得自己特別糟糕。但如果我們眞的希望自己可以進步，就不要放棄對自己的期許和要求。定下計畫後，鼓勵自己去執行，相信只要每天多堅持一點，就會有可喜的成果，何不試試看呢？

忙碌的王子

自己的時間不受制於人

「快放暑假了，放假之前，我們來舉辦一場同樂會吧！」班會進行到臨時動議時，導師李老師這樣宣布，全班聽了興奮的大叫。

「時間就定在最後一次班會，也就是兩個星期之後。請康樂股長帶大家討論節目的內容。」李老師說。

各式各樣的點子立刻出籠：有人提議唱歌、有人提議跳舞、還有人自願要演戲……，經過投票表決，決定這次同樂會以演戲爲主，附帶洪岱坤的魔術秀和舞蹈社同學的踢踏舞，李老師則負責提供點心和飲料。

參加演戲的同學分成三組，每組的召集人要自己負責找演員。班長王秀菊是其中一組的召集人，她和幾個組員決定要演〈睡美人〉，大家興奮的討論著，而且人人搶著要演輕鬆討喜的角色，像國王、王后和仙婆。至於主角睡美人，就由王秀菊自己來擔綱。

但是討論了半天，竟然沒有人演王子。並不是王子的戲份特別吃重，而是王子在最後要親吻公主，哪有男生願意呢！王秀菊問過班上每個男生，都沒有人肯，最後找上了明華。

明華本來也不肯，但是王秀菊向他保證不必眞的親吻公主，到時候用道具遮住臉帶過就行了。

「王子只需要在最後一場戲出現，這是最輕鬆的角色了！」王秀菊努力說服明華。

「好吧！」明華拗不過王秀菊的懇求，於是勉爲其難答應了。

「太好了！」王秀菊看明華這麼好說話，又接著提議：「明華，那你也幫忙布置教室好不好？反正王子的戲份少，應該忙得過來。」

明華心想，布置教室還不簡單？掛些彩帶和氣球，再配合戲劇的場景貼一些圖案，也不是什麼難事，於是也答應了。

過了兩天，陳國華上課時傳紙條給明華，上面寫著：「明華，你一定要救我！幫我做演戲用的道具，不然我就慘了！」原來，國華做的道具老是被嫌，只好來找明華幫忙。

「你每次美勞作業都拿最高分，你不幫我，誰幫我？」看國華煩惱的樣子，明華實在不忍心拒絕，所以就答應了。

但明華實在沒想到做道具這麼麻煩。他和國華已經利用下課時間拚命趕工了，進度還是非常慢，而且總有同學過來指指點點，要他們改這裡、改那裡，他們兩個幾乎每天都在趕工。明華自己就更慘了，因爲王秀菊認爲只在講台上掛彩帶太隨便了，要他想點特別的，後來乾脆要求他把整個教室布置成綠草地。

距離同樂會只剩下一個星期了，明華忙個沒完：下課時幫國華做城堡，放學後留在學校排演〈睡美人〉，回到家後還得趕工做草地，幾乎沒有力氣寫作業了。

「當初不是說王子的角色最輕鬆嗎？」明華心想，自己一定是全世界最忙碌、最累的王子。現在他只希望同樂會趕快過去，因爲他覺得自己一點也沒有樂到！

（吳書綺）

你知不知道，爲什麼大家都要找明華幫忙，不去找其他人呢？

明華人很隨和，都不會拒絕人，要是我需要幫忙，我也會找他。不過，我覺得他應該量力而為，既然時間不多，就不應該接那麼多事來做，到後來做得很累，自己也不開心。

說得很好。幫助別人是一種美德，但是也要衡量自己的能力和時間夠不夠，這樣才不會讓自己很累，又讓對方失望。明華不拒絕別人，可能是因爲心軟或怕傷感情，但最後自己反而不開心，也無法跟同學建立眞正的友情。拒絕別人是一種藝術，有的時候實話實說是最好的做法。

其實明華可以多找一些人來幫忙啊！一定有人願意跟他一起做的。

說的沒錯。

「跟屁蟲」阿公

把握眼前所有，不讓自己後悔

因爲爸媽都在外地工作，從小我便和阿公、阿嬤一起住。阿嬤平常不怎麼管我，但是阿公可就沒那麼開明了，老是東管西管，又跟前跟後，簡直是個討人厭的「跟屁蟲」。

我唸小學的時候，中午吃完營養午餐，阿公就會準時出現在教室門口。「阿雄啊！阿公帶水果來給你吃。」同學們都用異樣的眼光看著我。學校已經供應水果當飯後點心了，我眞搞不懂，阿公幹嘛沒事頂著豔陽，專程跑到學校來送水果給我吃。

每天下課後，阿公便騎著那輛不時發出ㄍㄧㄍㄧ聲的破舊腳踏車，笑嘻嘻的接我放學，但我總是叫阿公站遠一點，等放學的人潮散去之後再過來。我好羨慕同學有穿著稱頭的爸媽，開著漂亮汽車多拉風，不像阿公一年到頭就只穿那「一百零一件」汗衫，眞是讓我很沒面子。

上國中之後，阿公不必再到學校接我，放學後我自己就可以騎腳踏車去補習。補習班九點半下課，回到家已經十點了，家門前的那盞路燈很暗，阿公怕我摔倒，每天晚上一定會站在巷口等我。有一次我和死黨阿明一起騎車回家，阿明看到滿頭白髮的阿公一個人站在巷子口，對我說：「阿雄，如果不注意看，搞不好會被你阿公嚇一跳哦！」

「我的臉都被你丟光了！」回家後我氣沖沖的罵了阿公，「我已經不是小孩子了，你以後不要再到巷口等我！」

阿公沒說什麼，只是默默的幫我準備碗筷吃宵夜，叫我別餓著肚子，然後就轉身回房去了。從此以後，阿公不再到巷口等我了，卻變成每晚站在家門口等我回來。

一年前，阿公在洗澡時忽然倒下，醫生說他中風了，必須好好休養。經過一段時間的復健，他的身體狀況雖然好轉，但是手腳卻不如從前那麼靈活了。阿公終於停止了等我回家的例行公事，我不必再爲晚歸而感到罪惡，當時心情倒像是鬆了一口氣。

不久我開始追求同班同學眞眞，常在她家門前的巷子口等她，晚上烏漆抹黑，冷風灌頂的滋味眞不好受。但每次她看到我，卻總是帶著一副不耐煩的表情說：「誰叫你在這裡等？」我眞是難過極了！

獨自走在家門前的巷子裡，我回想起阿公駝著背的身影和他溫暖的笑容。從小阿公對我無怨無悔的付出，我卻老是嫌煩，覺得他害我沒面子；現在我才知道爲什麼古人說：「樹欲靜而風不止，子欲養而親不待。」那次我大聲的叫他別等我了，一定也讓阿公傷心難過，爲什麼當時我只想到自己而忽略了阿公的感受呢？

（王一婷）

一直到自己也變成了「等待的人」，阿雄才體會到阿公對他付出那麼多。

我想到自己有時候也會對爸媽大呼小叫，尤其當他們問我功課做得怎麼樣、和誰出去玩時，我就覺得很不耐煩。其實我心裡也曉得，爸媽是關心我的。

既然明白家人對我們的眞心關懷，就好好珍惜與家人相處的時間吧！歲月不會爲誰停下腳步，很多人都是在錯過之後才開始後悔。

阿雄其實也知道阿公對他好，可是他已經長大了，當然不喜歡阿公管東管西的。我也是這樣，最討厭爸媽把我當成不懂事的小孩子。

孩子的生活經驗比不上爸媽的豐富，爸媽擔心孩子不學習、交壞朋友，有時候難免多說兩句，囉嗦一點啦！相信只要平心靜氣的跟爸媽說明，讓爸媽知道你已經會照顧自己，他們就會比較安心了。等你自己長大，也開始懂得關心別人，就能體會囉唆往往出於關心的道理了！

當快快遇上慢慢

截長補短，調整彼此的時間感

小逗和凱凱是同班同學，但兩個人的個性相差十萬八千里。小逗做事很快，凡事不怎麼考慮，先做了再說；凱凱謹慎小心，事情總要詳加考慮後，才開始動手。這兩個個性不同的人，這學期偏偏座位排在一起，小逗覺得凱凱做事慢吞吞，凱凱覺得小逗很衝動。

這學期的自然課，老師出了一項作業，要大家分組調查校園裡的動、植物，一個禮拜後交作業。小逗和凱凱剛好又被分在一組，做事很小心的凱凱，想找小逗討論一下工作該怎麼分配，可是小逗覺得這樣很麻煩，他認爲只要兩人分頭去調查，最後再把結果綜合在一起就好了。凱凱還想討論得更仔細一點，但急躁的小逗根本不聽他把話說完，就一溜煙的跑掉了！

放學後，凱凱到圖書館去找資料，他想從學校附近的環境開始了解，查

查看這樣的環境會有什麼動、植物；小逗則到校園裡東看看、西看看，只花了半個小時，就把所看到的動、植物都記了下來。

「這樣應該差不多了吧！」小逗心想。

第二天，小逗攤開筆記本給凱凱看：「我已經做完調查了，你呢？」

「我還在準備，資料還沒看完。」凱凱不疾不徐的說道。

「還要準備什麼？我們只有一個禮拜，像你這樣，怎麼來得及交作業嘛！」小逗有點受不了凡事都慢吞吞的凱凱。

「不要催嘛！我會盡快啦！」凱凱也受不了急驚風似的小逗。

第三天，凱凱開始把資料的重點做整理；小逗則是急得直跳腳，因爲他現在什麼事也不能做。

第四天，凱凱的重點整理還沒做完，小逗已經不想等他了，自己先動手把觀察紀錄整理成一份報告。

第五天，凱凱發現一個疑問，又到圖書館去查資料，所以一整天都沒有進展；小逗呢？他的報告已經寫完了，也懶得再去問凱凱的進度。

第六天，凱凱終於要到校園裡進行實地的觀察，誰知道天公不作美，一整天都在下雨，大部分的昆蟲都躲起來了，根本沒辦法觀察。

到了交報告這一天，凱凱一臉沮喪，因爲他還沒有完成；不過，小逗也好不到哪去，因爲他的報告太草率了，老師要他們重寫。

現在，小逗和凱凱得好好的討論一下，到底他們的做法出了什麼問題。小逗看到凱凱做的事前準備，覺得他很細心，資料也收集得很詳盡，這些都是他比不上的；凱凱則很佩服小逗做事不拖泥帶水，說做就做，這也正是他所欠缺的。

小逗讀了凱凱做的重點整裡，兩個人再一起到校園觀察，然後由小逗重擬一份報告，凱凱補充細節。這次，他們的報告寫得好多了，不但獲得老師的稱讚，還被張貼在公布欄讓大家觀摩呢！

（吳立萍）

兩個「時間感」不一樣的人湊在一起做事，的確很困難。

凱凱很用功，他的研究精神很值得學習，但是他的時間規劃卻出了問

題。他應該考慮到時效，而不只是一味埋頭苦幹。

對呀！如果不能準時完成，努力不都白費了嗎？

至於小逗，他的個性太急了，總是想把事情趕快做完，所以容易忽略掉一些細節。

我覺得自己的個性比較像小逗，有時遇到像凱凱這樣的同學，真的是又急又氣呢！

如果兩個人的時間感差距很大，但又必須一起共事時，最好能事先討論一下，就像小逗和凱凱，既然發現彼此的優、缺點，就想辦法截長補短，找到最好的合作方式。

其實他們一個重時效、一個重研究，呈現出來的結果甚至更好呢！

遲到二十分鐘的代價

守時是尊重自己及他人的表現

上個月，我和小美相約看電影，途經台北著名的補習街，看到一個熟悉的身影從一家升高中的補習班走出來，很像以前國中同班的徐正明。不會吧？以他的成績，現在應該是明星高中的學生才對，我一定是看錯了。

我遲疑了一下，還是快步上前叫他的名字，那人回頭看到我時，也嚇了一大跳，果然是徐正明！遇到昔日同窗實在很意外，不過，因爲我和小美要趕去看電影，便和徐正明約好改天碰面再聊。

我和徐正明是在國二那年同班，升國三時，爸爸換工作，我跟著搬家轉學，所以已經一年多沒看到徐正明了。上次在補習班看到他時眞意外，今天再次碰面，他又給了我一個意外的驚奇——這個遲到大王竟然比約定時間早到了五分鐘。

HOP

徐正明這個人什麼都好，功課好、脾氣也好，但就是愛遲到，而且他一點也不覺得遲到有什麼不好，總是嘻皮笑臉的抬出各種理由來解釋，不是公車開得太慢、紅燈太多，就是家裡的鐘走慢了，還有一次竟然說他家的狗狗擋在門口睡覺，害他沒辦法出門。總之，遲到都不是他的錯。

最令我生氣的一次是，有一回大家約好去看電影《神鬼傳奇》，這個傢伙竟然整整遲到三十分鐘，害我們錯過了電影精采的片段！不過看完電影後，徐正明大方的請喝飲料賠罪，大家就不再追究他的「罪行」，這也是他每次嚴重遲到時慣用的賠罪方法，記得有一次他因爲遲到，請吃一大桶炸雞，大家都覺得賺到了。

或許同學們的嘴巴都被他收買了，久而久之，對於徐正明遲到的壞毛病，大家也習以爲常，甚至有同學開玩笑說，希望徐正明以後遲到久一點，然後請大家看電影來抵過。

這次看到徐正明，他還是和以前一樣談笑風生，我們彼此閒聊每個同學的去向。最後我忍不住心中的疑惑，問他爲什麼在補習班，這才知道他參加升學考試的第一堂，因爲遲到二十分鐘而不能進考場，總成績被拉下來，只好重考了。

跟徐正明道別，看著他離去的背影，我突然覺得我們這些同學也應該爲他的重考負點責任。要是當年大家沒有一再容忍他，或許他不會習慣成自然，以致在這麼重大的考試中跌跤。

（吳梅東）

雖然遲到看起來是個小毛病，可是一旦養成習慣，遇到重大事情時，這個小毛病可能就會闖禍。

是啊，徐正明功課不錯，本來可以考上一所好的高中，卻因為遲到不能進場考試。成績不理想，重考要耽誤一年，真的很可惜。

升學考試是多麼重要的一件事，一般人都會謹慎小心，提早到考場熟悉環境，徐正明竟然遲到，這應該說他是咎由自取。另外，考試遲到只是誤了自己，但如果是和人有約而遲到，也等於浪費了別人的時間。

這麼聽起來，遲到真不是件小事，有可能改掉這個壞習慣嗎？

如果眞的想守時，就一定做得到，最重要是改變自己的想法。守時的人重視自己的時間安排，也尊重別人的時間安排，所以不會讓別人等他。相反的，習慣性遲到的人，對自己的時間安排往往出了問題，既不重視自己的時間，也不認爲別人的時間有多麼寶貴，自然就不守時了。

忙得團團轉的吳國勇

別把時間擠壞了

吳國勇是我的鄰居，我們從小就玩在一塊兒，連在學校也是隔壁班。今年暑假爸媽幫我報名了書法班，吳國勇也說要一起去學，所以每星期三我們都會在書法班碰面。

那天上課時間已經到了，可是還不見吳國勇的蹤影。我正覺得納悶時，才看見他衝進教室，還差點打翻了別人桌上的墨汁。

「吳國勇，上課還遲到！」我瞪了他一眼。

「沒辦法，圍棋課的老師下課晚了，所以趕不及。」他氣喘吁吁的說。

練習書法時，整個教室裡安靜無聲，大家全神貫注的磨墨揮筆。可是我寫到一半，卻好像聽到有唰唰聲，一瞧，真不得了！吳國勇居然右手拿著毛筆，左手撥動著放在膝蓋上的算盤。

「我等一下要交珠算作業啦！」吳國勇對我伸伸舌頭，小聲的說。

下課後，我忍不住問他，這個暑假究竟參加了多少課程。吳國勇說，除了媽媽幫他安排的珠算課和小提琴班，他自己還報名了書法班、跆拳道班、游泳課……

「天啊，美國總統可能都沒你那麼忙，你不累哦？」我覺得眞不可思議。

「不會啦！這樣我就能比班上的模範生孫銘新更有才藝啦！而且這樣過暑假才充實嘛！」果然符合吳國勇急躁又愛表現的個性。

不過不到一個月，忙得團團轉的吳國勇就開始「出槌」了：有時候記得帶算盤卻忘了帶毛筆；上課時太累打瞌睡，臉上被愛捉弄人的同學畫成「黑白無常」；更糟糕的是，老師說他寫書法時不夠用心，要多交五篇作業加強練習，吳國勇一聽都快暈倒了。

「你整天忙來忙去的，像無頭蒼蠅一樣。」我說，「這樣子眞的學得好才藝嗎？」

吳國勇打著呵欠，點點頭說：「我現在才明白，把時間排得滿滿的，實在會累死人哦！」

「沒錯，而且像你這樣學習效果不好，學再多也拚不過孫銘新啊！」

我找吳國勇來我家，把他的事告訴在高中當老師的爸爸，爸爸教吳國勇選出他最想學的才藝，並考量體力負荷的程度後，重新安排時間。吳國勇回家跟爸媽商量，決定專心上書法和游泳課，其他才藝課都暫停。

暑假快結束時，吳國勇開心的拿游泳比賽亞軍的獎盃來向我炫耀，他說，課程調整之後，生活變得輕鬆多了，學習效果也變好，老師還誇他進步很多呢！

「你應該謝謝我這個大恩人，幫你指點迷津。」我趁機邀功。

「好啊，為了表示我的誠意，」吳國勇笑得有點賊：「書法課我幫你磨墨。」眞不知他又有什麼鬼點子了。

（王一婷）

如果事情排得滿滿的，又不量力而爲，就很容易讓自己忙得團團轉，吃力不討好。這時，不如決定好先後次序，一步一步照著計畫走，才不會手忙腳亂。

12
3
9
8
7
6
5

話是不錯啦，可是我的才藝課都是爸媽安排的，我也覺得很累啊！

爸媽安排我們上才藝課，是希望我們能善用時間，課餘或假期別只顧著玩耍。如果覺得太累，可以找爸媽討論，說出自己的想法，一起來安排最適合自己的時間表。貪多並不好，如果達不到學習效果，到最後只是白忙一場。

說的有道理，像我去年暑假學的英文會話，好久沒練習，已經統統還給老師了！

音樂會小禮服

重要的事優先完成

下個月，「美里音樂學苑」要舉辦一場成果發表會。這是一次正式的演奏會，音樂學苑的所有師生都要上台表演。學小提琴剛滿一年的眞眞，非常期待這一天的到來。

週末去學苑上課的時候，王老師帶了一本禮服的型錄來給大家傳閱，型錄上的每件禮服看起來都好漂亮，驚嘆聲此起彼落！葉秀麗說她已經買了其中一件。眞眞也看中了一套淺綠色的小禮服，她要趕快請媽媽帶她去買。

其實媽媽早就注意到，眞眞最近老是在提演奏會的事，也要求趕快買禮服。爲了不讓眞眞繼續煩惱，下課後媽媽來接眞眞，順便帶她去看禮服。

回到家，眞眞立刻回房間穿上剛買的禮服，她想看看禮服跟小提琴能不能搭配？

「眞眞，快來吃飯囉！」爸爸來叫眞眞吃飯的時候，看到她正站在鏡子前試穿禮服。

「爸，你看這件禮服好不好看？」眞眞臉上有難掩的興奮。

「很好看啊！」爸爸看眞眞穿上禮服這麼漂亮，很替她高興，不過他覺得最近眞眞的心思都放在發表會上，有點替她擔心。

眞眞還眞是放不下演奏會的事！晚上做功課的時候，她忍不住想她的禮服，想她的演奏曲目，想著想著，便乾脆把小提琴拿出來練習。她練得很投入，練得忘了時間，等到覺得累了，才發現快十一點了，作業還沒寫！她匆匆把作業寫完，上床睡覺時已經十二點多了，隔天早上差點起不來！

雖然如此，眞眞每天放學回家，還是忍不住先拿出禮服來試穿，拿出小提琴來練習，然後在半夢半醒間寫完作業。就這樣過了好幾天，眞眞每天都昏昏沉沉，不但早上起不來，上課時也常常打瞌睡，有一次還被老師叫醒。

終於，今天的數學小考，眞眞破天荒的只考了六十五分。

「怎麼會這樣呢？」眞眞覺得很懊惱，「我明明有複習，怎麼好多題都不會寫？」

晚上吃飯的時候，眞眞一臉疲倦又煩惱的樣子，媽媽問她：「妳最近看起來很累哦！」

眞眞想到那張六十五分的數學考卷，還不敢拿出來給爸媽看呢！她嘆了口氣說：「最近爲了準備演奏會的事，每天都好晚才能睡。」

「看妳每天穿上禮服練小提琴，這是音樂老師要求的嗎？」媽媽問。

「沒有，是我自己要練習的。」

「妳爲了演奏會這麼認眞練習是很好。」爸爸說，「不過這樣會不會佔去太多讀書、寫功課的時間？」

「是啊，妳一定是太晚睡了，才會這麼累！不應該花那麼多時間練小提琴。」媽媽說。

「這次的演奏會很重要，怎麼可以不練習呢！」要眞眞放下小提琴，還眞是不容易。

「時間妳可以自己安排，不過不管怎樣，不能影響學校的課業哦！這個妳做得到吧！」爸爸希望眞眞可以自己安排時間。

「是啊，妳可別忘了，演奏會雖然很重要，但是學校的功課更重要。」媽媽補充說。

眞眞嘴上不說，但她覺得自己可能眞的花太多時間練小提琴，把學校的課業忽略掉了。

（吳書綺）

我能體會真真的心情，因為每天放學之後，真的沒有多少時間做功課。

放學回到家，不是才六點鐘嗎？

可是有很多事情要做啊！練琴、看電視、洗澡、吃飯……等這些事情都做完，已經很晚了，而且也沒什麼力氣做功課了！

當事情多的時候，時間規劃就變得很重要。我們很多人有一個毛病，就是先挑容易或比較不重要的事情先做，而重要但比較困難的事情，卻擺在一旁，最後反而沒有時間好好的做完。

重要的事，應該優先完成。舉例來說，學校功課比練琴重要，也比看電視重要，但是許多人寧願先看電視、先練琴，卻把功課擺在最後才做，這樣功課往往做不好！既然作業無論如何都要寫，何不一回家就先把作業寫完，這樣剩下來的時間就可以無後顧之憂的去做其他的事了。

抽屜裡的公主娃娃

感受改變了時間的長度

第一次上家政課的時候，雅玲就愛上了它。

「這學期家政課會做點心和玩偶，」家政老師宣布，「你們先選自己喜歡的玩偶樣式，等玩偶的材料買來了，我們就開始做。」

當雅玲看到玩偶的樣品，簡直不敢相信！共有四種玩偶可以選：公主、大象、史奴比和皮卡丘，每一種都很可愛，尤其是公主玩偶，看起來很漂亮，這麼難她做得出來嗎？

家政老師接著說明：「下禮拜我們先學做餅乾，做好之後，可以拿回家吃。」雅玲心想，做好了餅乾，要給爸爸、媽媽和弟弟吃！媽媽吃到她做的餅乾，一定會很高興！

雅玲期待了一整個禮拜，終於等到做餅乾的日子！老師教大家和麵、塑造餅乾的形狀，玩得好開心！

「快要下課了，大家趕快烤餅乾吧！」聽到老師的話，抬頭看鐘，已經快四點了！兩堂家政課怎麼一下子就過去了呢？餅乾做得很成功，帶回家後，每個人都說很好吃。雅玲愈來愈喜歡家政課了！

星期五下午，兩個男同學扛著大布袋走進教室，宣布說：「玩偶的材料送來了，現在發給大家，下禮拜的家政課要記得帶來哦！」雅玲好期待看見她的「公主」！不過那只是一個小塑膠袋而已，裡面裝著布、棉線、竹子和塑膠娃娃頭，用這些材料就可以變出一個漂亮的公主嗎？

在家政老師的指導下，雅玲的公主開始有了迷人的長髮和華麗的頭飾，眞等不及要把公主做好！於是上數學課的時候，她忍不住拿出公主的衣服開始縫，心裡還想著，也許可以替娃娃多做一件禮服。

「黃雅玲！」數學老師忽然大聲的喊出雅玲的名字，把雅玲嚇了一跳。老師不高興的說：「我這堂是數學課吧？妳以為妳在做什麼？」雅玲趕緊把手中的公主衣服塞進抽屜裡：「沒有！老師，我沒有在做什麼！」

大家都在偷笑，老師又說：「妳要是再讓我看見妳做玩偶，我就把玩偶

沒收。」

「是。」雅玲低著頭回答，劉老師這才繼續上課。

雅玲很想認眞的聽老師講課，可是她心裡一直想著抽屜裡的公主娃娃，想到剛剛那針因爲被老師嚇到而插錯位置，眞想快點改過來！

「待會兒下課就可以改過來了。」雅玲心想，反正很快就下課了，等一下就可以把娃娃拼起來，她相信一定會很漂亮！雅玲瞄了一眼手錶，才十一點二十八分，她勉強聽了兩題數學應用題，又忍不住看手錶：十一點四十一分，怎麼這節數學課特別長？到底還要多久才下課啊？

（吳書綺）

我也不喜歡上數學課，上課的時候一直看錶，可是時間好像跟我作對，過得特別慢！

時間本身不會變快或變慢，是人的感覺造成時間有快慢的差別。做喜歡做的事情時，是把注意力放在事情上，享受著做那件事情的樂趣，所以

時間過去了也沒感覺。例如雅玲在做餅乾時，因爲覺得很好玩、很有趣，所以覺得家政課一下子就過去了。

那為什麼她會覺得數學課特別漫長呢？

因爲雅玲一心只想著要做公主娃娃，根本無心聽老師講課！她想做娃娃，可是又不能做，只好把注意力放在時間上，數著每一分、每一秒，當然會覺得無聊又煩躁了。

那該怎麼辦呢？

什麼時間該做什麼事，就專心一意的去做，把注意力放在那件事情上，不但不會感覺無聊，做事的效率也會變好。例如上家政課時就全心的投入，上數學課時就專心的聽講。要是在數學課想著家政，在家政課想著數學，那不覺得無聊、煩躁才怪呢！

吳老師是怎麼辦到的？

善用零碎的時間

最近有件事讓陳主任很心煩，那就是七月中的外籍教師招聘。

成功國小必須在新的學期聘請三位外籍教師，擔任英語課的教學工作。陳主任身爲教務主任，大學又是唸英文系，所以大家都以爲交給他沒問題，可是他其實已經二十二年沒說過英語了。他很擔心七月中的外籍教師面談，可是又不方便對人說。

某天午休的時候，陳主任和三年級的導師們開會，二班的吳采秀老師問他：「陳主任，你看起來好像有心事哦？」陳主任苦笑沒回答。五班的劉老師說：「主任，有什麼事，說出來大家可以幫你想辦法！」

陳主任終於開口：「是關於外籍教師招聘的事，其實我……我擔心我沒辦法跟外國人面談。」說出來是鬆了一口氣，可是大家好像也沒辦法幫什麼忙，所以都默默的低頭吃飯。只有吳老師熱心的說：「陳主任，不如讓我來幫你面談好了。」

陳主任聽了很高興，但是他馬上想到吳老師是中文系畢業的，有辦法跟外國人面談嗎？他有點懷疑的問：「吳老師，妳……確定可以嗎？」

「沒問題！」吳老師笑著說。

在場的老師聽了，都覺得不可思議。劉老師好奇的問：「吳老師，妳打算去補習嗎？」

「不需要。我自己本來就有聽英語廣播節目的習慣，在面談之前的兩個月，我打算每天加強，多聽幾個小時的英語學習錄音帶。」吳老師爽快的回答，讓大家聽了更懷疑，不過既然其他人也想不出更好的辦法，陳主任只好把希望放在吳老師的身上。

於是，就在大家的期盼和懷疑中，吳老師展開了她的英語學習計畫。她利用下課時間聽英語學習錄音帶、背單字、準備面試的問題，大家常看她嗯嗯啊啊的跟著錄音帶說英語，但是這種學習方式有用嗎？

九月開學後，學校聘請了三位分別來自英國、加拿大和美國的外籍教師。陳主任在導師會議中開心的向大家報告，外籍教師面談進行得很順利，吳老師和應試的十二位老師對答如流，最後幫學校挑選了三位很好的老師。

開心的陳主任突發奇想的說：「對了！學期末有英語成果發表會，吳老師，不如由妳帶領幾個學生，在發表會上表演一齣英語短劇吧！」吳老師欣然同意了，但這又讓大家開始懷疑，這些學生真的能成功的演出嗎？

吳老師要求她班上的學生，利用下課時間去找外籍教師聊天，練習說英語。等到學期末的發表會，〈灰姑娘〉的演出順利成功，連外籍教師都覺得學生進步神速。老師們這才相信，原來像吳老師這樣利用每天空堂或下課的零碎時間，一點一滴的努力，還是可以累積可觀的成果。

（吳書綺）

吳老師好厲害，竟然可以跟外國人對答如流！

這位吳老師除了學英文有自己的一套，還具備了許多人沒有的信心！其實學英文不一定要花大錢補習，重要的是持之以恆，並累積自信。

我覺得去補習比較保險耶！班上補過英文的同學，程度都比較好，也比較有自信！

去補習班上課，也只是多了練習的機會。如果自己有決心和恆心，像吳老師一樣，每天持續接觸英文，五分鐘、十分鐘不嫌少，時間久了，自然看得到成果。

可是功課都做不完了，哪來的零碎時間？

如果能把時間以半小時或一小時爲單位來做功課是最好，因爲能用較長時間專注在同一項功課上。但是生活中還有很多零碎的時間可以利用，例如等公車或等人的時間，當別人在發呆、無所事事，你卻已經背了幾個單字，或看了幾頁的書，這樣不是很讚嗎？

林清玄談善用時間

看不看天上的星星，是自己的自由

（李美綾）

林清玄，一九五三年生，高雄人，自幼立志寫作，高中時獲得台南市作文比賽第一名，此後得獎連連，創作不懈。文筆流暢清新，平實可感，主要作品有「身心安頓系列」、「菩提系列」、「現代佛典系列」、「人生寓言系列」，以及有聲書《打開心內的門窗》、《走向光明的所在》（皆由圓神出版）。

可以說說您兒時印象最深刻的一件事嗎？

我的成長環境跟絕大多數的人不一樣，因爲我爸爸經營林場和農場，在高雄六龜鄉，土地四百七十幾公頃，大概有十個台大那麼大。我從來搞不清楚我家的地到底有多大，直到唸高中時，有一次我跟我哥哥背著背包，繞我們家一圈，走了七天七夜才走完。

家裡要做的事情很多，我小學一年級時要負責養兩千隻雞，生蛋的雞。每天要提早一個小時起床，把兩千隻雞的飼料槽塡滿，然後把雞蛋全部撿起來（雞是早上下蛋），工作很緊湊。因爲要趕著上學，而且沒有時間吃早餐，那段時間我每天早上都吞三個生雞蛋，雞蛋還是熱的，吞了就去上學。

一個小學一年級的學生，可以在一小時內養兩千隻雞，撿好雞蛋，然後去上學，這讓我體會到，只要把時間壓縮，就可以做很多意想不到的事情。

我對時間的第一個概念，就是可以壓縮出自己要的時間。像我自己在寫作，就有人問我，我每年出那麼多書，是不是整天都在寫書？我說我一天只寫一個小時，就是把時間壓縮得很密集。

每天只寫一個小時，那其他的時間都做什麼？

我自己覺得，生活應該盡量放鬆，在某些必要的時刻則要很警覺。不管放鬆或警覺，內在都要保持敏銳的態度。禪宗有句話說得好：「逆境時要逆來順受，順境時笑裡藏刀。」藏刀的意思就是保持內心的敏銳。

如果可以把鬆緊的狀態調整得很好，就可以跟時間相處。聖嚴法師說過：「忙人時間最多。」鬆散的人一天真正有感覺的可能只有一個小時，而真正忙的人，每個小時可以比別人濃縮得更有力量。

我覺得必須維持很好的時間感。如果一天寫八個小時，那後面幾個小時可能會變得厭煩；每天寫一個小時，那麼寫了三十年都還覺得寫作是件美好、快樂的事。

在您生命中對您影響最深的人是誰？

我的父母親對我的影響就很大。我父親從來不鼓勵我們讀書，如果我考試考得好，我父親就會嘆息，他認為這個小孩將來一定會離開家；如果考試考差了，他反而很開心，覺得終於找到繼承人了。我父親讓我覺得一定要奮發圖強，否則就得回家做農夫。我們家十八個兄弟姊妹，每個人都拚命用功，很怕繼承父親的工作，後來沒有一個做農夫。

我的母親是另外一個典型，她非常人文和細緻，生活很從容、優雅，即使在忙碌的農村生活中，她也能保持從容和優雅，而且永遠都支持我們做想做的事。

在我寫作的過程中，有些人曾對我有很好的影響。記得我高中老師第一次看到我的作文時，就告訴我：「你以後會變成一個很好的作家。」我從小成績不太好，因爲我比較敏感，對制式化的東西很排斥，成長一直都不是很順利，直到唸高中時受到這樣的鼓勵，對我的影響滿大的。

您相信命運嗎？

當然相信啊！因爲我們的生命大部分是不能自己作主的，例如長相、身高、父母等，幾乎大部分是確定的。在確定的裡面，可以創造的可能是什麼，才是更重要的。

最近我跟曾志朗教授一起演講，才發現原來小時候我們兩個住在同一條街上，而且唸的是同一所小學和中學。在相同環境中成長的農夫的孩子，一個做科學家，一個做文學家，當然還有更多的農夫，這就是創造生命的可能性。如果不去創造，那大部分的可能就是去做農夫。

可以創造的大概都是無形的東西，例如感覺、思想、願望。比如喝茶，我可以決定自己要喝哪一種茶。常常去強化心的意願，自由就會增加。佛經裡有個說法：「一切由自，便是自由。」如果一切由自己決定，那就是自由。一切由自，就是一切由心，是心在決定自由，而不是命運在決定。

走在馬路上，可以看地上的泥土，也可以看天上的星星，這是自己的自由。如果一個人了解這一點，就比別人更容易看見星星了。

對抗吞噬時間的怪獸

讀書考試真辛苦，我想趕快長大！

玩樂是不是很浪費時間？

記者跑新聞分秒不差，真刺激！

沒有補習，功課就會跟不上嗎？

一邊看書、一邊聽音樂，有什麼不好？

追求完美也有錯嗎？

做事愈快就愈有效率嗎？

賴床有什麼關係？反正媽媽一定會叫我起床嘛！

爲什麼一定要長大？

珍藏童年回憶，展望美好未來

樂樂是個很喜歡回憶過去的小孩，他經常掛在嘴邊的一句話就是：「在我小時候……」大人們聽了覺得很好笑，因爲樂樂才七歲而已，他現在也算是小時候呀！

樂樂房間裡有一張照片，那是媽媽放的，照片裡的樂樂唸幼稚園大班，他一手抓著玩具熊，另一隻手牽著媽媽的手。每次他看到照片，都覺得小時候的自己好幸福，不用寫那麼多作業，不用準備考試，也不用幫忙掃地和擦窗子，如果時光能倒流，再回到那個時候，不知有多好！

有一天，小阿姨帶著四歲大的小表妹來家裡，因爲她和姨丈要出國一個禮拜，不方便帶小表妹出遠門，於是託媽媽代爲照顧。小表妹要來家裡住！樂樂好高興，因爲他最喜歡、也最羨慕這種年齡的小朋友了，他自告奮勇的

說要當小表妹的褓母，逗得阿姨和媽媽好開心呢！

其實樂樂很羨慕小表妹，因爲不管她說什麼，大家都會說她好可愛；不管她想要什麼，大家都會盡量滿足她。例如她想吃荔枝，媽媽就剝好給她吃；她想出去玩，媽媽就帶她到附近的公園去散步；想看卡通時，樂樂只好大方的放棄同時段播出的精采影片；還有一次，她把爸爸的書撕破了，也都沒有被罵呢！媽媽說，小表妹是客人，大家要讓她。樂樂才不這麼認爲，他覺得這是小朋友才有的特權，換成是他到別人家裡作客，哪有這麼好的事！

樂樂常常想，人爲什麼一定要長大呢？長大了，就不能想做什麼就做什麼，多不自由啊！如果可以選擇，他希望自己永遠不要長大，可是，這個願望可以實現嗎？

試試看吧！樂樂跑進廚房，向正在切芒果的媽媽說：「媽媽，我也要吃芒果。」

媽媽遞給樂樂一片帶著皮的芒果。

「我不會吃耶！」樂樂撒嬌的說道。

「你是怎麼啦？」媽媽驚訝的看著樂樂：「你以前不是都會吃嗎？」

「媽媽，幫我把皮切掉嘛，不然我會連皮一起吃下去。」

樂樂又跑去找正在澆花的爸爸：「爸，我要玩水！」說完就去搶爸爸手上的澆花器。

「樂樂，你要做什麼呀？你看你，把我的衣服都弄濕了。」爸爸覺得樂樂莫名其妙！

樂樂的計畫沒有成功，不過沒關係，他相信只要再接再厲，總有一天爸媽會習慣的。不過爸媽也已經發覺樂樂不太對勁，心裡很擔憂，於是爸爸想出了一個法子……

這個星期天，爸爸早就答應樂樂要帶他去釣魚。樂樂一大早起床，興奮的整理釣具、準備早餐，催促爸爸快出門。

「樂樂，我們今天不能去了。」爸爸故意裝得很無奈。

「爲什麼？人家等了好久！」樂樂好失望。

「你太小了，還不能學釣魚。」

「我才不小呢！我最要好的同學阿丁也會釣魚，他都學得會，我爲什麼不能學呢？」

話一說完，樂樂突然發覺，有很多事情要等到長大以後才可以做，要是一直當小孩子多無聊啊！他心想：「我還是快快長大的好！」

（吳立萍）

我以前也希望不要長大呢！

人的一生會不斷成長、成熟，隨著年齡的增長，接觸到的事物愈來愈多，學到的技能也增加了，所以長大是一件很好玩的事哦！

現在我希望趕快長大，我以後要當旅行家，到處去探險。

很好啊！成長就是不斷的學習和累積經驗，長大以後，才有機會實現小時候的願望。

哎呀，可是還要多久才能長大呢？真希望能坐上時光魔毯，一下子就跳到未來，就不用等那麼久了。

可是別忘了，童年只有一次哦！過去了就不會再回頭。雖然未來值得期待，但也要把握眼前的時光，因爲所有的「過去」和「現在」，都會成爲未來的回憶！

媽，我要做什麼？

做時間的主人

曉青是個標準的「電視兒童」。她很喜歡看電視，而且幾乎一點都不挑，不管是卡通或韓劇，她都不想錯過，所以每天放學一回家，她就立刻打開電視，盯著螢幕，乖乖收看。

暑假的時候，曉青更是不得了，成天守著電視，霸著遙控器，叫她吃飯她不應，叫她洗澡她不聽。媽媽看曉青這樣子，只好悄悄的和爸爸商量：「曉青快變成電視的奴隸了，我們得想想辦法。」最後，爸媽決定切斷第四台，希望改變曉青的惡習。

「爲什麼不讓我看電視？我才不是電視的奴隸！都是我在開關電視，電視才是我的奴隸！」曉青不知道爸媽爲什麼這麼做，生氣的抗議著。

媽媽跟她解釋，所謂奴隸，就是依著人家的指示去做事的人。

「像妳這樣，時間一到，無論電視節目播什麼，妳就看什麼，完全被它牽著走，不就是電視的奴隸嗎？人是最聰明的動物，應該做主人，去支配、管理時間，而不是反過來被時間支配。」

曉青辯不過，抗爭無效，只好接受事實。

但是，沒電視看了以後，另一個問題來了——曉青覺得很無聊，經常問媽媽：「好無聊哦，我現在要做什麼？」而且一天問好幾次呢！

媽媽這才發現，原來問題出在曉青不會利用時間。媽媽教她把所有可以做的事情列出來，包括暑假作業、遊樂、手工藝，還有以前想學卻一直沒去報名的游泳班，然後再教她把每件事情排出優先順序，一一去做。

就這樣，暑假快過完了，曉青意外的發現，自己不看電視之後，做了好多事！她不再像以前一樣，懶懶散散的癱坐在沙發上，一天過一天，而且有更多時間和同學、家人相處。

「不看電視之後，時間多出好多，可以做好多事！」曉青發現更多有趣的事情可以做，暑假作業也在媽媽的鼓勵下破天荒的如期完成。曉青得意的說：「現在我學會做時間的主人了！」

（張玲霞）

曉青只是依照節目表看電視，為什麼這樣就是電視的奴隸呢？

曉青守著電視節目的時間表，完全沒有自己的生活目標，即使有些節目很無聊，她也照看不誤，時間是打發掉了，卻沒有什麼收穫，這樣不就是電視的奴隸嗎？做時間的主人，是按照自己的需求與生活步調規劃作息，並不是讓外界事物牽著鼻子走。

為什麼一定要做時間的主人呢？

因爲每分每秒都是我們人生的一部分啊！把握時間，就是把握人生。許多人希望自己長生不老，可是對於眼前流逝的時間卻毫不在乎，那不是很奇怪嗎？還有人常抱怨日子很無聊，然後再想辦法「打發」時間。其實打發時間是消極的做法。

那我們要怎麼做呢？

時間是我們自己的，要做什麼，應該由自己來決定，當我們主動規劃時間，就可以把原來「無趣」的時間變成「快樂、有意義」的時間。讓自己的時間用得有意義，人生也就有意義了！

人生的每個階段，都有一些必須或想要完成的事，如果老是在後一個階段，才想回頭彌補前一個階段沒做完的事，或一直後悔過去浪費掉的時間，這就是沒有做好時間的主人啦！

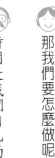

小風的假期

欣賞生活中的美好事物

「哎，好累喲！」小風踏進家門，還來不及把鞋脫掉，就一屁股坐在玄關的地板上。

「不要坐在那裡，趕快進來！」媽媽問：「奇怪，隔壁的丁丁不是跟你同班嗎？爲什麼你每天累成這樣，他卻精神百倍呢？是不是身體出了什麼毛病？乾脆明天請假，我帶你去醫院檢查。」

小風一聽要去醫院，急忙搖頭說：「我哪有什麼毛病，不用請假啦！」說完，他就一溜煙的跑回自己的房間。

類似這樣的對話，自從小風上了國中以後，幾乎每隔幾天就會重複一遍。其實小風並不是怕去醫院，而是擔心請假會影響功課，因爲他的成績還算不錯，每次考試都保持在前五名。可是他還不滿意，覺得自己可以考得更好，他還嫌自己不夠用功呢，怎麼能隨便請假？

其實小風已經很用功了，他每天回到家，除了吃飯、洗澡，就是拚命的K書，一直K到凌晨一、兩點，眼皮實在撐不開了才上床睡覺。第二天早上六點，他便又趕緊起床先K半小時書，才準備去上學。

上課時，小風也都很認眞聽講，而且連下課十分鐘也不放過。許多同學都趁下課到操場打球，或去校園散步，小風卻在教室裡整理筆記。「只要我在別人休息的時候多唸點書，不就可以贏過他們了嗎？」小風覺得自己的想法很聰明。他甚至覺得午休很浪費時間，要不是學校規定一定要休息，他還想用來複習老師上午教過的課程呢！

可惜人不是機器，要是不「關機」休息，身體遲早會「當機」。小風開始覺得自己每天都很累，但是他仍然告訴自己不能鬆懈。

漸漸的，爸媽都知道小風爲什麼老是精神不濟了。爸媽告訴小風，這個週末全家一起到郊外走走，但小風不想去，因爲他只要想到班上考第一名的珍珍週末一定在K書，他就覺得不安。如果眞的要去，他也要把參考書和課本都塞進背包裡，帶到郊外去看。

郊外的風景眞美！已經很久沒有接觸大自然的小風，才一下車，就被眼前的風光迷住了：青綠的草坪像地毯似的覆蓋在山巒上，點點紛紅駭綠的小草花，不時隨著微風點頭；仰頭看，藍色的天空掛了幾朵棉花糖似的白雲，還有展翅高飛的大冠鷲，隨著盤旋的氣流自在翱翔。

小風愈看愈入迷，其實他平常最喜歡的就是生物課，能夠與大自然這麼接近，還可以親眼看到課本上的動、植物，感受特別強烈。

「到大自然裡實際觀察，比死背知識有趣多了！」小風突然覺得，熬夜K書的效果不一定比得上實際的生活經驗。

他想起那個老是考第一名的珍珍。「算了，休息一下也不壞。」小風現在只想把握難得的假期，好好休息一下。

（吳立萍）

有一句廣告詞說：「生命就該浪費在美好的事物上。」我本來覺得很不應該，生命怎麼可以浪費呢？但現在我明白，說「浪費」只是為了引人注意，其實它的意思是，把時間投入在美好的事物上，是很值得的。

是啊！雖然我們應該把握時間，做有用的事，可是像小風這樣的做法就太過頭了。讀書求學固然重要，但並不是人生唯一的目標，生活中還有很多事情值得去體驗，而且享受人生本來就是應該的！安排適當的休閒活動，讓身心舒展一下，才能有更大的動力往前走。

嗯，就像小風一樣，如果能把課本裡的知識在生活中印證，讀起書來就更事半功倍了。

我的媽媽是記者

分秒必爭，時間好好用

小時候，老師要我們畫「我的媽媽」，別人畫的媽媽多半手提菜籃，腰繫圍裙；我的媽媽卻是一身勁裝，手拿麥克風在人群裡衝鋒陷陣——她是電視台記者。

我從小耳濡目染，立志以媽媽爲榜樣，所以現在我也是學校校刊的實習記者。當我和王大觀、李欣欣在討論這一期的新專題「名人的一天」時，王大觀突然靈光一現：「沈治浩，你媽不就是某某電視台的記者，那也算是名人囉，我們來採訪她如何？」

我怎麼沒想到呢？於是我立刻撥了電話給媽媽，請她安排我們當她一天的「跟屁蟲」。

採訪當天，我們三人一早便來到電視台，媽媽已經在辦公室等我們了。

「雖然你們只是實習小記者，但是既然說好了要做一天的採訪，那就不可以喊累哦！」

「知道！」我們精神抖擻的回答，採訪便正式開始了。首先，九點鐘一到，所有記者都到會議室開會，分線指派後，我們和媽媽便搭乘採訪車，前往採訪地點。

「沈媽媽，妳是怎麼安排每天的時間呢？」王大觀問。

「電視台記者必須在十一點截稿之前將稿子傳回公司，所以在會議後，就得趕緊進行採訪工作。如果一天內同時有兩、三個採訪要做，那麼事先做好功課和規劃採訪路線可以節省不少時間，多出來的時間就可以用來寫稿和企劃。」媽媽說。

「當記者也要做『功課』嗎？」李欣欣不解的問。

媽媽笑著回答：「是啊！做功課可不是你們的專利，先將採訪對象的背景資料準備好，想好要發問的問題，採訪才會更有效率。」

正當我們進行訪問時，媽媽的手機突然響起：「是嗎？那我現在就趕去！」媽媽說，信義路上有一棟辦公大樓傳出火警，她要立刻前往報導。

「可是我們不是要到新店採訪嗎?」我急忙問。

「火警是突發事件，所以得將原先的採訪順延。」媽媽一邊回答我，一邊打電話給原本要訪問的人，和對方說明原因，將採訪的時間延後；接著又趕緊和已在火災現場待命的同事聯繫，了解目前的情況。

不久我們來到火災現場，媽媽交代我們不要隨便亂跑後，便和攝影記者叔叔火速下車。現場只見一大片濃煙向上竄燒，許多住戶驚慌失措，拚命的往外衝，我們看了也跟著緊張了起來；媽媽則是與消防隊長進行採訪，又找住戶了解火災發生的最初情形。現場還有許多記者叔叔、阿姨也在進行SNG的現場連線，看起來忙碌極了。

「哇!沒想到真有新聞發生時會這麼緊張。」李欣欣吐吐舌頭。

「我們算是大開眼界了。」王大觀點點頭。

我從來沒和媽媽一塊工作，今天總算見識到記者工作的分秒必爭，也難怪媽媽常說我做事效率得改進，不然長大後可當不成一名好記者了。(王一婷)

原來平常電視上看起來光鮮亮麗的記者，跑新聞時竟是這麼緊張忙碌，果然每一行都有辛苦的一面呢！

對啊，讓我想一想，除了記者以外，好像還有急診室的醫護人員、快遞服務人員、消防隊員等等，都是與時間賽跑的人，尤其搶救生命的過程，一分一秒都不能浪費！像我這樣做事慢吞吞的，大概不適合做這種分秒必爭的工作。

分秒必爭也要有方法，可不是慌慌張張。記者媽媽不是說了，事先做好功課和規劃路線，就可以節省不少寶貴的時間。

我知道了，事情多的時候，做事就要更有效率！

臭屁的王大明

規劃作息，從容過生活

上國中的時候，我的「隔壁」坐著王大明，他家開豆漿店，經常帶些燒餅、油條給同學們吃。照理說，大家應該都喜歡他，但王大明這個人有點「臭屁」，眞正和他要好的同學並不多。

怎麼臭屁？其實也沒什麼，不過喜歡吹噓罷了。王大明上課不認眞聽講，又喜歡說話，每次大考卻能考前一、二十名，而且每當考卷發下來，他就對功課不如他的同學說：「嘻嘻，我隨便讀一下，就考個八、九十分，你呢？」又對功課比他好的同學說：「你讀得要死，不過比我多幾分，太划不來了吧！」

看王大明這樣子，我有時會勸他上課要認眞聽講，但他並不在意。他說：「老師教得太爛了啦，補習班的老師才好呢！」細問之下，才知道原來他晚上都去補習班補習。王大明還叫我不要說出去，「讓那些傻瓜同學繼續把我當成天才吧！」

國二下學期開學不久，王大明變得無精打采，一上課就打瞌睡，功課也開始退步，那些從前被他取笑的同學就揶揄他：「你不是隨便讀一讀就考個八、九十分嗎？」「你晚上幹了什麼好事？嘻嘻！」王大明像鬥敗了的公雞，枯坐在椅子上生氣，從前的那種「臭屁」神態完全不見了。

我找了個機會問王大明，才知道他爸爸不久前發生車禍，一條腿斷了，至少要休養半年才能復原，所以他每天清晨不到四點就得起床幫媽媽磨豆漿。他委屈的說：「我從補習班回家已經快十點了，再磨蹭一下，要十一點多才睡，一天睡不到五個鐘頭，能不打瞌睡嗎？」

從前王大明也是十一點多才睡，但他家就在學校附近，可以睡到七點多，如今他爸爸一受傷，作息整個亂了。

看王大明頹喪的神情，我建議他：「其實你只要不去補習，睡眠就勉強夠了。」

「可是補習班的老師眞的很會教。」

「我們的老師也不差啊！」我說，「我沒補習，每次段考還不是可以考到中等。你的頭腦比我好，我能考到中等，你一定也能。」

於是我說服王大明不去補習班補習了，又徵得爸、媽同意，讓他放學後到我們家和我一起吃晚飯、做功課。爸爸得知他的遭遇，還特別爲他做了時間規劃：我們學校下午五點鐘放學，扣除吃晚餐，一個晚上至少可以做三個小時的功課。王大明回到家大約九點鐘，爸爸要他一回家就上床睡覺，這樣至少可以睡六、七個小時。

當然了，我還勸王大明上課認眞聽講，不要說話。或許是我的誠意感動了他，這小子竟然聽我的，很快的，他的精神恢復了，成績也恢復了常態。一天，他對我說：「其實我們老師教得也不錯，不過口才差點罷了。」

俗語說，本性難移，王大明恢復正常後，又經常臭屁起來，不過只要我瞪他一眼，他就會不好意思的做個鬼臉，把那些吹噓的話收回去。

（張之傑）

為什麼王大明的時間規劃會出問題？

王大明平時上課並不專心，只是靠著晚上補習，成績還不差。可是自從家裡出事之後，他得一大早起床幫媽媽磨豆漿，睡眠不足，上課精神不好，功課自然退步了。

要是王大明繼續去補習，睡眠一定不夠，長期下來，除了功課退步，健康也會受影響。於是他的朋友建議他晚上不要補習，把時間空出來，做功課和睡覺。

不補習，功課會跟不上吧？補習班老師不是教得比較好嗎？

補習班所教的，和學校沒什麼不同，只不過靠補習班老師整理教材，學生可以偷點懶。如果上課時專心聽講，自己肯下工夫整理，就可以省下補習費，也省下重複聽講的時間。

當我們覺得時間不夠用時，可以想想王大明的例子，找出解決的辦法。例如重新安排時間，決定什麼要做、什麼不要做，然後確實執行。王大明放棄補習後，開始認眞聽講、有效率的做功課，生活就恢復正常了。

像王大明這麼臭屁，怎麼還有人幫他？

王大明很臭屁，不過他也很幸運，有位關心他的同學。試想，要是沒有好同學的協助，他能度過這次難關嗎？這個故事也告訴我們，交友是何等重要啊！

娃臉活比一比

專心一意，勝過一心多用

月嬌和麗莉是好朋友，可是兩個人的個性不一樣。月嬌憨厚篤實、動作慢，一次只做一件事；麗莉心思靈敏、反應快，喜歡同時進行兩、三件事。

可是，說也奇怪，每次她們一起做事，總是月嬌先完成，這點讓自負的麗莉很不服氣。

有一天，麗莉心血來潮，決定拿六十個奶奶每天做的加工娃臉活，來和月嬌比一比。

娃臉活一共有三個加工步驟，分別是糊娃臉臉紙、貼眼珠、黏嘴巴。月嬌的做法是，先糊好六十個娃臉臉紙，再一一爲娃臉貼眼珠，最後再一起黏上娃臉的嘴巴；麗莉則是三個步驟同時做，也就是糊好一個娃臉的臉紙、眼珠和嘴巴後，再做另外一個娃臉。

剛開始，動作快的麗莉先做出成品來，似乎佔了上風；但是漸漸的，她因爲急躁而出了好幾個錯，不是臉紙沒糊正，就是眼珠和嘴巴貼歪了，只好重新來過，到最後居然還是月嬌先完成了！

自尊心受傷的麗莉回到家，看見奶奶專心的做著娃臉活，她的步驟與動作，都和月嬌很相似。麗莉看了，不禁生氣的對奶奶說：「奶奶！您的娃臉活是專門設計給慢動作的人做的嗎？」

奶奶問明原委，笑著向她解釋說：「孩子，想早點把事情做完，靠的並不是聰明和機巧，而是專心一意，妳這樣一心多用的做法，是適得其反呀！一次專心做一件事，就容易熟練，熟能生巧後，速度就會加快。這樣良性循環，做事才能品質既好、效率又高。」

麗莉半信半疑，決定找機會試試奶奶所說的專心方式。

平時麗莉都是坐在電視機前，邊看電視邊寫功課，有時想到缺什麼資料，就同時上網找，常常弄得很晚才睡。這回她決定克服電視的誘惑，先專心寫功課，結果眞的比往常早寫完。之後她專心看電視，結果竟然沒有生氣，因爲沒有錯過任何情節。最後她全心上網找資料，也不再落東落西、重複搜尋了。事情全部做完，竟比以前快了一個小時。

麗莉還發現，專心做一件事的時候，因爲不需要同時顧及其他事，反而比較輕鬆呢！

「這樣又快又輕鬆的做法，爲何我一直沒發現呢？」難怪奶奶的娃臉活做得又快又好，麗莉眞佩服奶奶！

（張玲霞）

所謂「專心」，就是心無旁騖，將所有的心力投注在一件事上，不會爲了兼顧好幾件事而分散心力，所以效率比較好，品質也會提昇。

可是，我記得媽媽常說「同時進行幾件家事，才能節省時間」，這不是有矛盾嗎？

的確，媽媽做家事時，常會兩、三件同時做。例如將衣服放進洗衣機裡洗，米洗好放進電鍋煮，之後去菜市場買菜。回家後，把洗好的衣服拿

出來晾，再炒幾樣菜就可以吃飯了。

同時進行這些工作之所以省時，是因爲利用了自動機器——洗衣機、電鍋，就像請了兩名助手幫忙一樣，彼此之間沒有衝突，還可以事半功倍。但是，如果媽媽一邊做菜，一邊看電視；或一邊擦窗户，一邊拖地，可能就會手忙腳亂了！

原來如此，那我平常一邊看書、一邊聽音樂並不好嘍？

如果書的內容是需要專心學習的科目，最好不要聽音樂，比較能集中心力，達到學習的效果。如果只是輕鬆的閱讀報紙、雜誌，聽些沒有複雜旋律或歌詞的輕音樂，倒是一種享受。

換成其他事情也一樣，需要集中心力完成的事情，最好一次一件，專心去做，別一心多用哦！

劉伯伯飛紐約

爭取時間，創造財富

在班上我和劉崇信的感情最好。崇信的爸爸是一家電子公司的董事長，他的公司專門爲國外廠商代工電腦零件，生意好得不得了。我經常到崇信家玩，但從未見過劉伯伯，崇信說，他爸爸都是深夜回家，一大早就出門，連他都不是每天能看到爸爸呢！

記得有一個週末，我到崇信家做功課，就在他的那間大書房裡玩電腦遊戲。當我們正玩得高興，突然門鈴響了，崇信跑去開門，接著興奮的跑回來對我說，他爸爸回來了，要在家吃午餐。劉伯伯在家吃午餐似乎是件大事，我看到劉媽媽趕緊打電話給附近的一家高級餐廳訂了四個位子。我們坐上劉伯伯的賓士車，由司機開著，不到十分鐘的車程，劉伯伯的手機竟響過三次呢！進了餐廳坐下，剛點好菜，劉伯伯的手機又響了。

「什麼！出關有問題？證件不足？怎麼會呢？……好，我馬上飛美國！我現在就到機場！……立刻把證件備齊，機場見！……好，再見。」

我雖然不知道發生了什麼事，但從劉伯伯急促的語調和凝重的表情，可以看出有緊急事件。劉伯伯通完電話，立即對劉媽媽說：「有五個貨櫃的貨已到紐約港，但證件有問題，不能出關，我必須趕去處理。」

劉媽媽有點不捨，委婉的對劉伯伯說：「我們才剛坐下，吃過飯再走嘛，菜都點了。」

劉伯伯搖搖頭：「根據合約，這批貨一定要在十五日晚上十二時以前交到客戶手中，今天是十三日，已沒有多少時間了！」

劉伯伯離開後，那一餐菜色雖然豐富，但氣氛很不好。劉媽媽盡量裝得輕鬆，但掩不住臉上的擔心。原本嘰嘰喳喳的劉崇信也不說話了，只默默的吃菜。我忍不住打破沉默，問劉媽媽：「如果不能準時交貨，會怎麼樣？」

「客戶可以拒收啊！弄不好幾千萬元就泡湯了。」劉媽媽又說：「這批貨是全廠連續加班一個月趕出來的，要是眞有問題，損失可就大了。」

我們家信佛，回到家，我燒了一炷香，祈求觀音保佑劉伯伯準時把那批貨交給客戶。兩天後，也就是十五日，我問劉崇信，他爸爸的事辦好了沒？崇信說，紐約時間比台灣慢半天，要到十六日才知道結果。

十六日晚上，劉崇信打電話給我，興奮的說：「問題解決了！我爸爸在紐約時間十五日上午十一時把貨提出來，然後在高速公路上疾駛了十個小時，當晚十一時把貨交到客戶手中。」（張百器）

真是鬆了一口氣！看劉伯伯十萬火急的趕到紐約，真替他緊張。難道做生意都得這樣嗎？

做生意最講求信用，什麼時間要做什麼事，都是事先約定好，甚至清清楚楚的寫在合約上，要求交易的雙方遵守約定。要是有一方沒有掌握好時間，違反了合約上的規定，造成另一方的損失，另一方就可以依約要求賠償，或取消合約。

所以對做生意的人來說，時間就是金錢，必須具備嚴謹的時間觀念。有時間觀念不表示一定得分秒必爭，而是在約定的時間內完成該做的事。

這麼嚴重？晚一點，難道不行？

這要看情況是否允許。有時候早一點或晚一點，是可以商量的，但有時候卻不行。做生意的人如果沒辦法掌握好時間，損失金錢不說，信用也會打折扣。如果這次劉伯伯遲交貨了，不但客户可以拒收，下次恐怕也不敢再找劉伯伯下訂單了。商人最怕客户跑掉了！

原來，時間延誤真的會造成金錢損失耶！

不珍惜時間的人，恐怕也不懂得珍惜金錢，而不守時的人，也很難獲得別人的信任。成功的人往往很重視時間，因爲他們了解時間的價值。如果我們能養成守時及珍惜時間的習慣，做事會更得心應手，不但效率高，離成功也不遠了。

完美也有副作用

完成和完美一樣重要

菊秋是我們班上功課好的同學之一。她不但讀書用功，和同學討論功課也很熱心，更樂於參與班務，大家都很喜歡她。唯一讓人有點受不了的是，她是個凡事追求完美的人。

看得出來，菊秋每天穿的制服都洗得很乾淨，而且花很多時間燙得平平整整。她的頭髮髮線好像尺一樣的直，襪子也洗得像新的一樣白。書包一塵不染，課桌上的物品總是井然有序，每本課本都用漂亮的包裝紙套起來。她寫字也要求一筆一畫，工整美觀。相形之下，我們就顯得散亂而粗線條了。

說也奇怪，講究完美、重視細節的菊秋，國三下學期的第一次英文考試卻只考了六十五分！不只她自己非常難過，我們也覺得很意外，因爲她從來沒考過低於九十分。

記得那天一考完英文，菊秋就悶悶不樂，她說她還有翻譯和作文兩大題沒寫呢！

「怎麼可能？像我英文這麼爛，也都寫完了啊！這次的英文沒有那麼難吧？」我不敢相信菊秋會失常。

菊秋告訴我，她在寫這兩大題時，是先在試卷背後打草稿，但沒想到後來卻來不及把答案謄寫在答案卷上。收卷時，她很不情願的交了卷，心情也變得很差！

以往我們考英文，只考選擇、塡充和造句，沒考過翻譯和作文。這學期開始，老師爲了訓練我們活用英文和作文能力，特別改變出題的方式，的確帶給我們很大的挑戰。這次考試，菊秋的分數落得跟我們不相上下，六十幾分對我們來說是家常便飯，對她來說卻是嚴重失常，她顯得落寞極了！

考試結束，英文老師照例替我們檢討考卷，要我們多花時間熟讀課文、演練句型，並講解容易犯錯的文法細節。講解完，老師看到菊秋還是愁眉苦臉的樣子。

「陳菊秋，妳是不是覺得考試時間太短，害妳做不完？」老師問。

65

「這些題目我都會做，如果時間夠，我一定可以答完的。」說著說著，菊秋覺得委屈，忍不住哽咽起來。

老師走到菊秋身邊，拍拍她的肩膀安慰她，說：「考試的時間是固定的，妳會答題卻答不完，是因爲妳在每一道題目上花了太多的時間。」

「可是我想把每一題都做好。」菊秋說。

「妳答題時講求盡善盡美是很好，不過卻犯了顧此失彼的毛病，沒有時間把所有的題目答完。別忘了，題目答不完，就不可能得高分。」老師說，「追求完美是需要付出代價的。這種代價，妳要嗎？」

老師建議菊秋：答題前，先估計每一大題要花的時間，然後盡量在自己限定的時間內答完，不要在某些題目上花費太多時間，這樣才有可能兼顧所有的題目。

經過老師的分析，我們終於明白菊秋的問題出在哪裡。爲了提醒她，別爲了追求完美而吃苦頭，我們已經約好，以後小考每個人都要「唸」她一句：「菊秋快一點！」

（吳嘉玲）

菊秋很用功，可是她追求完美的「龜毛」個性讓人受不了。

完美是一種理想，也是人生美好的境界，不過追求完美要有時間、金錢、體力等條件的配合，如果條件不足，只好退而求其次了。

考試的時候，要追求完美可不容易！

考試成績代表著平日學習的成果，平時用功學習，考試才可能有好成績。可是光靠用功，不見得考得好，因爲考試也要講求方法：會答的先答，不會的最後才答；實在答不出來，就不要再花精神，應該保留一些時間來檢查已答的部分有沒有寫錯。如果因爲作答速度太慢而做不完，顯不出平日的實力，那就太可惜了。

嗯，我覺得讀書考試盡力就好，這次考壞了，下次才有進步的空間嘛！

包餃子部隊

重視效率，做事快又好

你知道「事半功倍」和「事倍功半」有什麼不同嗎？我自己經常把這兩個成語混淆了，直到最近上完最後一堂家政課——包餃子，我才真正體會到它們的不同。

家政老師把班上四十位同學分成五組，每八個人一組。她要求我們自己學和麵、擀皮、調餡，所以規定我們不能買機器製的餃子皮來用，餡也要在課堂上當場調製，不能在家裡做好帶來。

平時家裡吃餃子，都是媽媽和奶奶在忙，我們頂多「客串」捏幾個餃子，滿足好奇心和創造慾望而已，這次要自己做，還眞不知道怎麼動手！我們這組同學沒有人知道怎麼和麵及擀餃子皮，所以我就請媽媽當我們的「顧問」，教我們怎麼準備材料，順便傳授我們一些包餃子的祕訣。

我分配到的工作是和麵，媽媽叮嚀我，麵粉與水的比例要拿捏得準，才能揉出軟硬適中的麵團。其他幾個同學也到我家來，跟媽媽學習擀皮、調餡的訣竅。

家政課那天，上課鐘一響，我們這一組已經把材料和道具整齊的擺在料理桌上了。聽完老師的講解和叮嚀，我們八個人各就各位，和麵的和麵、洗菜的洗菜、切肉的切肉……。按部就班，彼此既分工又合作，就像訓練有素的部隊一樣。

離下課還有二十分鐘，我們已經把兩斤麵粉、一斤豬肉、兩斤韭菜以及蔥、薑等香料，好似玩魔術一樣，變成一盤盤冒著熱氣、散發韭菜香的餃子。我們端了一盤請老師和其他組的同學品嘗，大家都稱讚我們包得又快又好吃，一個都沒破呢！

我們這組已經在享用美味的水餃了，有的組卻還在爲和麵要加多少水傷腦筋。另外一組爲了節省時間，沒把韭菜的水擠乾，以致餡料太濕，餃子一下鍋就破皮了。

下課前，老師作講評，她稱讚我們這組表現得最好，也最有效率：「由於你們事前準備得當，上課時不但做得很好，也節省了許多時間。」老師說，「這就是事半功倍。」

原來如此，事半功倍就是人們常說的「有效率」。相反的，事倍功半就是「沒效率」啊！

（吳嘉玲）

我也常常搞不清楚，什麼是「事倍功半」，什麼是「事半功倍」。

「事半功倍」就是花最少的工夫，達到最大的效果，也就是「有效率」。以包餃子爲例，有的組事前沒有做好準備，等到正式做的時候難免手忙腳亂；有的組爲了求快，不按程序做，後來反而得花更多時間來補救，這些都是事「倍」功「半」，也就是「沒效率」啊！

咦，不是愈快愈有效率嗎？

快，不見得就有效率！如果步調快，但是丟三落四、慌慌張張的話，反而容易出差錯，到最後，即使事情比別人完成得早，卻有很多瑕疵要補救，還是沒效率。相反的，要是用對了方法，按部就班去做，雖然看起來不快，卻能順利完成工作，而這樣才是有效率的快。

我知道了，就是要快、也要好。

包餃子只是一件小小的事例，但從中就可以學習掌握效率和精準的做事方法。在小事上講求效率，以後在大事上就能得心應手，以最經濟的時間，圓滿完成任務！

又睡過頭了！

賴床讓時間蒸發了

小芬這個人什麼都好，就是有個壞習慣——喜歡賴床，每天都要媽媽催促好幾次才肯起床。

新學期開始了，小芬因爲活潑開朗，被推選爲康樂股長，負責帶領班上的啦啦隊。她對導師交代的任務一向全力以赴，何況她對啦啦隊本來就很有興趣，所以在她的帶領下，同學們非常投入，表現愈來愈精采。

「小芬，大家的表現很不錯哦！我看今年啦啦隊冠軍非我們莫屬了！」導師看完大家的練習後，笑逐顏開的說。

「那還用說！」同學們異口同聲回答。

比賽的日子終於要來了，小芬卻不緊張，她很有信心，一定可以得前三名。

「明天比賽結束，我們可要好好慶祝！」想起這些日子的辛苦練習，小芬決定明天一定要和同學一起去慶功。她把啦啦隊制服和彩球放在床邊，明天要用的東西也準備妥當了才上床。

第二天早上，當全家忙著準備上班上學，小芬和往常一樣還沒起床。

「小芬啊，快七點了，起床囉！」媽媽催促著小芬。

「哦，好啦！」小芬懶懶的翻了個身，拿起枕頭蓋住頭，心裡想著「再睡五分鐘就好」。

只是五分鐘，拖啊拖的，半夢半醒中就變成了半個鐘頭。

「小芬怎麼啦？還沒動靜，到底起來了沒？」媽媽忍不住，打算去房間叫小芬起床。

一旁的妹妹看一下時鐘說：「今天姊姊學校校慶，不用這麼早去學校吧！」

於是媽媽只站在小芬房門口叮嚀了一聲：「妳要記得起床，我和妹妹先走了！」

家裡靜悄悄的，當小芬睜開眼睛時已經八點。這一看非同小可，啦啦隊九點就要比賽了！

「怎麼辦？來不及了，快快快……」小芬一陣手忙腳亂，趕緊刷牙洗臉，

休息室

提起床頭的啦啦隊制服和彩球便往外衝。

雖然追上了公車，不過因爲太緊張，下車的時候竟然把彩球留在車上。更糟糕的是，當她氣喘吁吁衝進學校操場時，看見同學們已經表演完，正走回休息區。

「大小姐，妳又睡過頭了？」副隊長玉青不高興的說。

「這麼重要的事，怎麼會睡過頭呢？」導師走過來，搖搖頭對小芬說。

「我……沒人叫我起來……」小芬不知如何解釋，只能懊惱的含著眼淚。她能說什麼呢？好好的計畫都泡湯了，準備了許久的表演，怎麼知道會因爲賴床，連上場的機會都沒有呢？

（戴淑珍）

我也曾經因為賴床而差一點趕不上考試。

賴床時的我們總告訴自己「再睡一下子就好了」，最後卻一拖再拖才起床。其實賴床不但對睡眠無益，更容易耽誤了事情。

誰想賴床啊！可是不知為什麼總是起不來。不過反正媽媽一定會叫我，應該沒問題。

說不定就是因爲依賴家人的提醒，才會養成賴床的壞習慣，像小芬每天要等媽媽叫她好幾次才起床。萬一有一天媽媽忘了叫你起床，那要怎麼辦呢？有人還會因爲媽媽忘了叫他起床而發脾氣呢！這樣就很不應該。

那怎麼辦呢？很難不賴床耶！

可以試著早一點睡覺，這樣就不會因爲睡眠不足而起不來了。如果是身體不好，那就要設法改善健康，例如多運動、調整生活作息等。

有時候賴床是心理因素造成，也就是爲了逃避白天的活動而不想起床。

如果找出賴床的原因，就能針對問題去改善了。

侯文詠談取捨

生命是一座舞台，就看自己要演哪齣戲

（李美綾）

侯文詠，醫學博士，自一九九〇年出版《頑皮故事集》（九歌出版）起，以麻醉科醫師身分撰寫《點滴城市》（圓神出版）、《大醫院小醫師》（皇冠出版）等書，揭露醫療行業的百態，幽默的筆調，蘊含溫暖的關懷及深刻的省思。近作有《白色巨塔》、《我的天才夢》、《危險心靈》、《侯文詠極短篇》（皆由皇冠出版）。

圖片提供／皇冠出版社

在您的求學階段，有什麼事印象特別深刻？

以前最喜歡假日抱一堆閒書，躺在沙發上看，我媽媽看了會罵：「如果你這些時間拿去讀書，不曉得成績會變得多好？」好笑的是，前幾年我媽媽又感嘆的說：「哎呀，你小時候看閒書我還罵你，那時候不知道你長大以後會變成作家。如果那時知道你以後會變成作家，那看小說就是正途了，就應該鼓勵你多看。」

其實人生不是可以從小被安排的，反而是那些不經意吸引我的事物，後來反而能成爲強有力的支持。我雖然正途也發展得很好：考上醫科，當了主治醫師，甚至唸完醫學博士，在醫學院教書，但後來還是不知不覺走回閱讀和寫作，成爲作家。

可以說，喜歡閱讀對您的人生影響很大？

考試使人扭曲，使教育變成令人排斥的東西。受到扭曲的人，往往長大後就不看書了。或許因爲我自己用了比較有效率的方式應付考試，所以求學階段有時間跟自己在一起，東想西想。我覺得有時間跟自己相處，看自己想看的書，對我自己的人格形成及後來的人生遭遇，反而構成了強有力的動機。

很多父母把孩子的時間排得滿滿的，又要補習，又要學習各種才藝。其實小孩子長大需要的是時間，要讓他自己長大，就如種一棵樹，你替它澆水、修剪葉子，接下來就要給它時間自己去生長，自然會有鳥兒來找它，會有事情發生，而不可以一直去擺弄它。如果把時間排滿，孩子是不會長大的。

您如何看待自己的時間？

我比較不會把時間用來做大家認爲理所當然的事情，例如用時間來換取金錢及榮耀。管理大師彼得・杜拉克曾說，他百分之三十的時間是在從事可以賺錢的工作，百分之七十的時間則爲非營利組織做義工。他說他之所以有能力去做賺錢的工作，是因爲在做義工的經驗中學到的本事。有人問他何不多賺點錢，他回答：「夠了就是夠了。」

人生不是拿來賺錢的，人生的目的可能有別的，所以夠了就是夠了，這對我來說也是這樣。工作並非全部，我實際花在賺錢上的時間是百分之二十到三十，現在做的很多事都不是賺錢的，但是做得很開心。

您如何分配自己的時間？

我看過一本管理書，提到「如何工作順暢，又兼顧家庭？」答案是「不可能。你必須取捨。」取捨沒有那麼難，反而是最簡單的，只要問自己，你想做什麼、不想做什麼，其實都很清楚。

事情都有個源頭，如果有一件事是你不想做的，你要去看那件事是怎麼來的，然後從一開始的地方就停止。例如我很少上電視。上電視對很多作家來說是宣傳必要的動作，很多人也希望有這樣的機會。但對我來說，如果上了電視一次，有製作人在節目中看到我，就會來邀我上更多的電視，接著就會邀我去當主持人；然後就會有更多的事情跑出來，例如剪綵、開會；然後我就會很忙，要接很多電話，就得有經紀人或助理來處理這些事。

我問我自己，想要做個電視人嗎？想要在電視圈展開我的工作嗎？如果不是，就很清楚如何取捨。我知道我希望專注在創作上，簡簡單單，在我喜歡的環境中工作。既然本行是寫作，把書寫好就好了，所以除了書的宣傳之外，我幾乎不上電視。現在不在醫院上班，也是取捨的結果。因爲我覺得醫院裡的工作換成我的學生來做，也不會輸給我，反而文字創作的空間很大，很吸引我，需要我絕對的專注。

生命是一座舞台，就看自己要演哪齣戲。

您曾說過「要讓讀者認識不同層面的我」，現在還是這麼想嗎？

我很幸運，我寫《大醫院小醫師》、《頑皮故事集》、《親愛的老婆》、《白色巨塔》、《危險心靈》，都是滿不一樣的作品，但是讀者一直對我很支持。這讓我覺得，只要好好經營，寫自己想寫的東西，總會開創出自己的舞台。十幾年前我這樣講，是還滿沒有自信的，但是一路走來，這是我親身的體會。

把握現在，創造未來

為什麼歡樂的時光總是特別短？
哎！要是考前多複習一次就好了……
怎麼還要那麼久才放暑假？
每天那麼忙，哪有時間和家人聊天？
二十七歲才開始立定志向，還能成功嗎？
讀書讀到ＬＫＫ，值得嗎？
如果能預知自己的命運，該有多好？
我這麼聰明，是不是老天爺對我特別好？

六週救回一個天才

只要願意去做，就能創造不同

這一生對信東影響最大的一位老師，就是五年級下學期的代課老師——林老師。

五年級下學期，信東的導師陳老師剛好請假生產，於是校長便請退休不久的林老師來代課六個星期，只是沒想到，這短短的六個星期，卻改變了信東的一生。

信東的功課一向很差，對自己完全沒有信心。舉例來說，都五年級了，寫一篇兩百來字的作文，至少有二十幾個錯別字；這還不說，有時他連自己的名字都會寫錯，例如自己姓「張」，卻經常把「弓」和「長」寫反了。

林老師來代課的第三天，就把信東找去，滿臉疑惑的說：「我看過你的智力測驗成績，全班你的智商最高。」

信東不相信自己的耳朵，忸怩的站著，有點不知所措。

「照規定，智力測驗的結果是不能告訴學生的。」林老師繼續說：「你的情形很特別，我才破例告訴你。我是要你知道，你的功課不好，不是頭腦不行，只要你對自己有信心，就一定可以迎頭趕上！」

信東記得，五年級上學期全班做過智力測驗。對那次測驗的結果，導師什麼也沒說，但是輔導老師曾把他找去，只問一句話：「張信東，你認爲哪一科最容易？」信東說數學。輔導老師點點頭：「是了，是了。」談話也就此結束了。

看林老師認眞的神情，就知道他不是開玩笑，但怎麼可能？從一年級到五年上學期，信東都是倒數幾名，怎麼可能智商會是全班最高的呢？

林老師目不轉睛的看著信東，態度和藹極了，他摸摸信東的頭說：「我還弄不清你功課差的原因，不過最主要的，應該是對自己沒信心。」林老師的話一頓，「從今天起，放學後我陪你做一個半小時的功課。讓我們一起試試吧！」

從那天起，每天放學後，信東就去林老師的辦公室做功課。林老師很快就看出，信東是因爲失去信心而自暴自棄。在林老師的督導和鼓勵下，他逐漸的建立起自信，在「留校」的第三週，週考成績已提升到中上程度了。

信東愈來愈喜歡林老師，但是他代課的日子也一天天少了。大約在他代課的第四週，信東每天都在黑板上寫下老師代課剩餘的天數，從沒想到時間是這麼珍貴，尤其到了最後幾天，眞有「一寸光陰一寸金」的感覺呢！

林老師代課的最後一天，信東第一個到校，他擦掉黑板上的「2」字，改成「1」字。當他回過頭來，看到正好走進教室的林老師，眼淚不禁奪眶而出……。

（張百器）

我也遇過幾位很棒的代課老師，我們都喜歡代課老師。

代課老師和你們相處的時間說長不長、說短不短，難怪印象特別深刻，回憶起來特別難忘。

信東真幸運，他的代課老師把他從白痴變成天才了！

信東不笨，可是連他自己都不知道自己其實一點也不笨。短短的六個星期，對其他同學來說，也許沒什麼特別，只是換個老師來講課而已，但這卻對信東的人生很有意義。

要是沒有這位代課老師發現他的成績和智商有很大的落差，要是沒有這位代課老師關心他、耐心的教導他，他恐怕一輩子就這麼渾渾噩噩過下去，不了解自己，對自己沒有信心，更別提會有什麼成就了。一位代課老師，在短短的時間內，可以造成這麼大的改變！

為什麼令人懷念的時光，總是顯得特別短暫？

生命中的境遇，常常都是稍縱即逝。人生是由一個個片段所組成的，如果妳希望在自己年老的時候，能完成精采絕倫的生命影片，那就從現在起，重視人生的每一段境遇，也感謝每個豐富妳生命的人。

楊老師的傷心事

人生過去了不能重來

我喜歡數學，國二的時候，我特別佩服數學老師楊老師，他的頭腦好得像計算機一樣，不管什麼難題，只要瞄上一眼，立刻可以解題。像楊老師那麼好的頭腦，我生平還沒見過第二個呢！

楊老師長得高高瘦瘦的，大約四十歲，穿著和儀容都有點兒不修邊幅，有時他來上課，身上還會帶點酒味。有一天，我大膽的問他：「老師，您是不是喝酒了？」楊老師聽了，走上講台，鄭重其事的對全班說：「喝酒不是好事，你們千萬不要學我！」

那年我代表學校參加全縣的數學競試，每個星期天都到楊老師家接受他的輔導。和楊老師單獨相處，發現他的頭腦比我想像的還要好。一天，師母外出，我忍不住問老師：「老師，您怎麼不出國深造，做個專業數學家呢？」

原來談笑風生的楊老師，突然靠在沙發上不說話了。我正覺得不知所措，只見老師從沙發上站起來，到廚房拿出一瓶酒，咕嚕咕嚕的灌了幾大口。他一手拿著酒瓶，一手擦擦嘴角，回到沙發上，開始說出一段不願回憶的往事：

「我因爲家裡窮，大學聯考選擇公費的師大，以第一志願考進師大數學系。大學畢業，分發到台中市的一所中學教書。課餘時間，同事們教我打麻將，我的智商高，贏的時候多，輸的時候少，不知不覺，就迷上賭博。

「漸漸的，我對打打小牌已沒興趣。當時學校附近有許多工廠，我聽說工廠老闆們常聚在一起打牌，賭注很大，一個晚上的輸贏就是幾十萬元。我很想參加這些大老闆的賭局，可是我手頭的錢不過幾萬元，哪有資格參加？

「那時我的未婚妻——不是你們的師母，家裡很有錢，她爸爸給她五十萬元，作爲我的留學基金，因爲我已申請到美國一所知名大學的入學許可。

「或許是鬼迷心竅吧，我竟然打起那筆留學基金的主意！心想：反正一定會贏，暫時借用一下無妨。禁不起我一再的要求，我未婚妻就瞞著她爸爸，把那筆錢交給我。

「我開始大賭起來，說也奇怪，打小牌贏的多，打起大牌卻很少贏，不到一個月，那筆錢就輸得精光。這件事被未婚妻的爸爸知道了，跑到學校把我痛罵了一頓，又當眾宣布和我解除婚約。我在那所學校待不下去，也出不了國，只好轉到鄉下教書，一晃就是十五、六年了！」

楊老師不再說話，氣氛低迷，我不知該說些什麼，想了半天，才想出一句話：「老師，您現在還賭不賭博？」

「早就不賭了！」楊老師又喝了一大口酒：「不過我又養成一個壞習慣——酗酒。」

「老師，」我以央求的眼神望著他：「您不能戒酒嗎？」

楊老師沒回答我的問題，他摸摸我的頭：「記住！人生的路，每一步都要走對啊！」

（張之傑）

賭博真是害死人了！要是楊老師那時沒有迷上賭博，或許就可以順利出國留學，取得學位，也能和當時的未婚妻結婚了。

是啊！一個看似小小的決定，到最後竟造成極大的不同。像楊老師頭腦這麼聰明的人，卻爲了在牌局上爭勝負，而輸掉自己的大好前途，眞的很可惜。你有沒有過類似的經驗，做了一件事，覺得後悔：「要是當初我不這麼做就好了。」

有啊！每次考壞了，我就很懊惱：「要是考前多複習一次就好了。」但是後悔也沒用了。

是啊，生命不可能重來，做過的事不能改變。但也因爲這樣，更該把握現在！其實，雖然留學夢碎了，婚約解除了，如果知錯能改，振作起來，還是可以創造未來的。可惜楊老師借酒澆愁，一直活在對過去的悔恨裡，自暴自棄！

等待弟弟誕生

耐心期待，醞釀希望

記得我讀小學二年級時，媽媽才生弟弟，我和他差了七歲。弟弟出生前，我一直很羡慕別人有兄弟姊妹，不過媽媽總是說：「有爸媽陪你玩就好了啊！」

有一天，媽媽很高興的對我說：「你快有個弟弟或妹妹，來和你作伴了。」原來，媽媽去醫院檢查，發現自己懷孕了。

「媽，妳是生弟弟還是妹妹？」我問。

「可能是弟弟，也可能是妹妹，要等生了才知道。」媽媽說。

「那我什麼時候可以看到小寶寶？」我又問。

媽媽聽了，笑著說：「快了，九月底吧。」

我算一算，現在才二月呢，那豈不是要等半年多嗎？怎麼這麼久！

自此以後，我每天都盼著小寶寶趕快誕生。剛開始，我每天在簿子上畫一條線，每五天就畫一個「正」字。但是日子過得眞慢！而且我看不出媽媽的肚子和以前有什麼不同，更看不出有小寶寶的跡象。

過了不久，媽媽每天早上都覺得反胃、噁心，一吃東西就嘔吐，我和爸爸常幫媽媽搓揉背，讓她舒服些。看媽媽痛苦的樣子，我很害怕，也很難過。媽媽告訴我，這是懷孕的「害喜」，是正常的現象，要我不用怕。

挨了一個多月，媽媽終於不再「害喜」了。我們全家開始愉快的準備小寶寶出生後要用的衣服、尿布、奶瓶等。我還用我的零用錢給小寶寶買了幾樣玩具。眞希望早點看到我未來的玩伴。

到了暑假，有一天媽媽下班回家，覺得肚子痛，爸爸很緊張，立刻送她去醫院。經過醫生檢查，因爲離預產期還有兩個多月，要是現在就生下小寶寶，將會是個「早產兒」。醫生建議媽媽住院「安胎」。

我問爸爸，什麼是「早產兒」，什麼又是「安胎」？

爸爸說，離預產期太早生出來的小孩就是「早產兒」；如果有可能生下早產兒，醫生會建議「安胎」，盡量讓小寶寶在媽媽的肚子裡多待幾天。

「早點生出來，不是比較好？」我眞等不及看到小寶寶。

「寶寶太早出生，爸媽可要擔心了！」爲了讓我明白，爸爸帶我去醫院的「嬰兒室」和「早產兒室」看看。

我隔著玻璃窗看見嬰兒室的小娃娃，個個皮膚紅潤可愛、哭聲宏亮。可是早產兒卻不一樣，他們看起來很瘦弱，還不會自已呼吸、喝奶，而且得放在特別的保溫箱裡撫養。我看到一些早產兒的爸媽也在旁邊，他們隔著玻璃窗看著保溫箱中的小寶寶，臉上充滿了心疼和憂愁。

爸爸和我都不希望將來的弟弟或妹妹是個早產兒，我們決定一起陪媽媽度過這最後、最重要的關頭。媽媽住院安胎時，我每天都去醫院陪她。要是她心情不好或覺得無聊，我就唱歌、講笑話給她聽。媽媽在醫院裡安胎了兩個月，後來終於平安的生出了弟弟！

（吳嘉玲）

原來懷孕這麼辛苦，而且還不能快點把寶寶生下來！

嬰室

母親懷胎十月，是等待一個希望的來臨，這個希望很簡單，就是一個健康活潑的小寶寶。沒有一個媽媽希望生個早產兒，所以再累、再不舒服，也都會耐心的等待。

你呢，等待的心情是怎麼樣？

嗯，等放學的心情很愉快啊，等發成績單的心情七上八下，等公車很著急，有時急得直跳腳呢！

樹上的果子，要成熟了才會香甜，如果急著摘來吃，只能嘗到酸澀的滋味。人生中也有很多事是需要時間的醞釀，所以等待是不可避免的。等待不見得是浪費時間，在等待的過程中可以體會各種心情，也可以趁此時間預做準備。只要願意耐心期待，美好的事終究會發生。

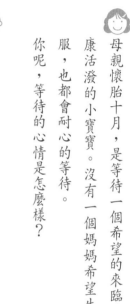

翻開堂姊的相簿

時光流逝，只留下回憶

今年清明節適逢週末，許多親戚都回家鄉來掃墓，包括我最喜歡的堂姊淑惠。自從祖母去世後，堂姊一家便搬到台北，雖然祖厝還保留著他們的房間，他們也只有逢年過節時才回來，平常要見他們可不容易。

第一天大家忙著掃墓。第二天我去淑惠姊的書房找她，聊著聊著，我隨手抽出書櫃底層的一本書，哇！竟然是我國小六年級的課本，上頭還有許多我的筆跡，頓時好像和以前的自己重逢。

「這裡怎麼會有我的課本？」我興奮的問淑惠姊。

「上次祖厝翻修時，大家扔了一堆東西出來。那時我的書房空空的，就把大家不要的舊東西撿來放在書房裡。妳還要看嗎？我這裡的寶貝可多著呢！」淑惠姊說著，從箱子裡翻出一本冊子。

「這是妳的小學畢業紀念冊和畢業留言簿。」淑惠姊說。

眞不敢相信我的畢業紀念冊和留言簿還在。翻開留言簿，我想起了小學時代最要好的幾個朋友，可是現在我連她們在哪裡都不知道了。

「我們都在不知不覺中長大了。時間怎麼過得那麼快啊！」我驚嘆著說。

「是啊！妳看這張舊板凳，這是唸幼稚園時爺爺買給我的，妳也有一張。那時候覺得這張板凳好大，現在看覺得怎麼這麼小。」淑惠姊指著牆腳的舊板凳，有感而發。是啊，小板凳樣子沒變，可是我們都長大了。

「來看我們以前的相片！」淑惠姊一時興起，拿出她的舊相簿。

「妳看，這是『小黑』！」淑惠姊指著相片裡，站在一群小孩中的小狗。

「小黑？妳還有牠的相片啊！我記得牠以前每天都陪我們等娃娃車，還會在橋頭等我們放學！」我想起另一隻狗「吉米」，那也是好久以前的事了。

「玉珠小時候這麼胖，可是妳知不知道她現在變得好漂亮！」我指著我同學玉珠的相片，興奮的告訴淑惠姊。

「不用說別人，妳自己也變了很多！」淑惠姊笑著說：「妳看，妳以前留著兩條小辮子，多可愛！」

淑惠姊拿著相片指來指去的繼續說：「妳看，妳唸國中的時候好胖。不過……很奇怪，怎麼好像從那時候起，就再也沒有長高了呢？」

「妳欠扁啊！好！我也來找找妳以前的醜樣子……」我搶過相簿，不甘示弱的回答。

就這樣，整個早上我們嘻鬧著、回憶著往事。我想這就是歲月的痕跡吧！歲月就像無聲無息滾動的機器，不斷將現在滾成過去。（戴淑珍）

妳還留著小時候的相片嗎？

我很喜歡看自己小時候的相片。小時候的我和現在的我看起來差很多，很難想像我以前是那個樣子，時光很不可思議，像魔術師一樣。

以前的課本，妳還保存著嗎？現在翻出來看有什麼感覺？

15
14
13

很有趣！因為課本上會有我上課不專心時的塗鴉，或是專心聽講寫下來的筆記。看以前的課本，感覺好像錄影帶倒帶重播，讓我重溫當時的心情。偶爾也不免想像，如果時間能倒流，讓我回到那個時空，不知道會是什麼樣的心情？

我們往往會從舊東西裡看見過去的自己，而且喜歡想像時光倒流，幻想和現在不同的結局。不過時間是最公平的，不管是誰，每個人的生命永遠都不可能重來，只好珍惜回憶了！

那年去練健美

休息，才能走得更遠

仁傑上了高中，覺得自己不夠健壯，對體格好的同學特別羨慕。有一天，他在路上拿到一張折頁廣告，仔細一看，原來是一家健身中心散發的。頭一頁畫著一個瘦弱的男子，底下寫著「不用擔心！」第二頁寫著「三個月後……」那個瘦弱的男子已變得一身肌肉了！仁傑看了怦然心動，便決定去練健美。

那家健身中心的收費，中午以前最便宜，中午到晚上八點前稍貴，八點以後最貴。仁傑爲了省錢，決定趕在晚上八點前去練。

每天放學後，仁傑就騎二十分鐘自行車趕到健身中心，到了健身中心就拚命練。四十分鐘下來，累得有點兒虛脫，等到騎自行車回到家，已累得什麼力氣都沒有了。

練健美的頭幾個月，進步得特別快，不到兩個月，胸肌、腹肌和上臂的二頭肌、三頭肌就有點兒凸起來。但也就在這時，仁傑覺得耳朵經常聽到嗡嗡的鳴聲，使他心神不寧。

仁傑到診所去看診，醫師告訴他是「耳鳴」，他端詳了仁傑一會兒，問道：「你這麼年輕，身體看起來也挺結實的，不過臉色不好，沒什麼精神，是不是經常熬夜？」仁傑告訴醫生，他沒熬夜，只是每天覺得很累，接著就把練健美的事說出來。

醫師恍然大悟的說：「你的指甲發白，說明你營養不良；你又去練健美，體力消耗過度，耳鳴就是個警訊，我建議你不要再練了！」

仁傑才剛練出點成績，聽醫生說不能再練，不禁有點喪氣。記得練健美的第一天，教練拿出一本相簿給仁傑看，裡面都是些練習前、後的對照照片，有人只練了半年，就頗有健美先生的架勢呢！仁傑本來夢想著第二年夏天可以到游泳池好好現一現，沒想到現在不能再練了！他不禁沮喪的垂下頭來。

醫師拍拍仁傑的肩膀說：「小夥子，你需要休息，但也不能沒有運動，這樣吧，我正跟著一位老師學太極拳，你也來學吧！」

就這樣，仁傑開始改打太極拳，不再練健美了。仁傑本來覺得太極拳的步調太慢，也體會不出它的好處，不過太極拳老師一再教他放鬆——肌肉和心理都要放鬆，這對仁傑的耳鳴很有幫助。

不知是不再練健美的關係，還是練太極拳的功效，反正仁傑的耳鳴症狀很快就消除了，只可惜那些已練得有點兒雛形的肌肉，也漸漸退回到原來的樣子了。

（張青蓮）

每個人都希望有健康的身體，但是卻往往不去維護，例如從來不運動、飲食不均衡、作息不正常。

那應該做什麼樣的運動，才能讓自己很健康、強壯呢？

每個人適合的運動類型不一樣，興趣也不同，可以多多嘗試各種運動，享受不同運動帶來的樂趣。如果時間不是很多，可以看看自己喜歡哪一

種運動，或哪一種運動做起來特別得心應手，再多花工夫去練習，學得更專精。

我平常都會跟同學一起打羽毛球，不過每次遇到考試，就暫停不打了。

運動可以讓身心舒暢，唸書的效果會更好。有了喜歡的運動後，更要持之以恆，才能達到健身的效果。

聽說打籃球可以幫助長高，那我去打籃球好了！

運動的確能刺激生長發育，不過身體的健康可不是單靠運動就能達成的，還要配合均衡的飲食和充足的休息。每一種運動都對身體健康有某些幫助，但記得適時適量，不要貪圖在短時間內達到明顯的效果，因爲運動過度往往會造成傷害。

燃燒短暫生命的梵谷

短暫的一生，也能綻放璀璨火光

在國際藝術品拍賣會場上，梵谷的《向日葵》以驚人的天價拍板成交，得標者難掩臉上興奮的笑容，因爲他將擁有這位印象派後期大師的鉅作；其他人則在竊竊私語，因爲梵谷每一幅畫作的收藏地點，都是全世界藝術愛好者最關心的事。

梵谷現在這麼有名，但是他在生前卻是一位沒沒無聞的畫家。西元一八五三年，梵谷誕生於荷蘭布拉邦省的赫崙桑德小鎮。在他立志當畫家前，曾經到伯父經營的畫廊工作，也曾擔任英國學校的助理教師，後來還到煤礦場擔任傳教的牧師。

可是這些都不是梵谷的興趣。其實他最喜歡拿著彩筆，把內心的感覺盡情揮灑在畫布上，所以他決定當畫家，因爲只有在繪畫的時候，他才覺得找到了自己。

梵谷立志要當畫家的那一年，他已經二十七歲了，二十七歲才開始學畫，會不會太晚？而且他也沒有收入，怎麼生活？梵谷身邊的人都這麼質疑他，勸他想清楚，但他從來不去想這個問題。還好他的弟弟西奧是畫商，兩兄弟的感情很好，西奧不但介紹他認識許多法國名畫家，也是他的經濟支柱，在他窮困潦倒的時候伸出援手。

梵谷對繪畫的喜愛接近瘋狂，他不斷的揮動彩筆，曾經在十五個月內畫出兩百多幅畫，可是卻一張畫也賣不出去。在梵谷租來的小房間裡，畫作堆得到處都是，最後西奧只好瞞著他，以別人的名義買了一幅他的畫。這讓不知情的梵谷感受到莫大的鼓舞，他愈畫愈多，幾乎每天都背著畫架外出寫生，爲了理想努力不懈。

可是在生活的壓力下，梵谷飽受精神疾病的困擾，三十六歲這一年，他的精神開始紛亂，於是自行要求進入療養院休養。在住院期間，他依舊沒有放棄最喜愛的繪畫，並於一年中畫下近一百五十幅作品，著名的《星夜》就是在這段時間完成的。

第二年，梵谷搬到郊外居住。他原本想藉著寧靜的田園風光，平撫紛亂的心情，可是精神狀況愈來愈差，最後還是以自殺結束了生命。這一年梵谷三十七歲。

回顧梵谷的一生，從事繪畫的時間只有十年，這對一位世界級畫壇巨匠來說非常短暫，但他所留下的作品，卻不比其他畫家少。

梵谷已經去世一百多年了，但是我們今天仍然可以從他畫作的筆觸中，感受到他對生命的熱情及理想。現在世界各地都有梵谷迷，他生前的願望總算達成了！

（吳立萍）

真可惜，梵谷二十七歲才開始畫畫，又那麼早就去世，不然說不定可以畫出更多的好作品，在生前就能獲得大家認同，成為知名的畫家。

雖然梵谷的繪畫生命不算長，從他的畫中卻已經充分傳達出強烈的生命力和執著的熱情。有句話說得好：「寧鳴而死，不默而生。」不管壽命有多長，能活得燦爛輝煌，比不痛不癢的混過一輩子，要更有價值。

如果太晚才立定志向，是不是比較不容易成功？

雖然較晚才立定志向的人，比及早做規劃的人慢了一步，但只要堅持理想，努力朝目標發展，什麼時候起步都不嫌晚。更何況有些人雖然很早立下志願，但都只是空想，沒有眞正去執行，這是在白白浪費時間。

聽了梵谷的故事，我覺得光陰真的很寶貴，在同樣的時間裡，有人可以做很多事情，有人卻什麼事也沒做。

所以什麼時候立志、能活多久，都不是最重要的，重要的是有沒有把握人生，善用自己的時間。

和媽媽做朋友

珍惜與家人相處的時光

「鈴——」電話鈴響了，是黃子瑜打來的，她約我星期六去她家玩，我當然一口答應了。

我和黃子瑜雖然同年級，但並不同校，我們是在一次同人誌的活動中認識的，因爲我們都是葉王迷，後來更成了死黨。奇怪，我和黃子瑜就是有聊不完的話，黃媽媽還說我們兩個人上輩子一定是姊妹。

是啊，我多麼希望有一個可以談心的姊姊或妹妹，那一定勝過老打我小報告的弟弟。要不是弟弟去向爸爸告狀，說我常和黃子瑜講電話講到十二點，還常常上網和葉王迷聊天，爸爸也不會把網路設定密碼，限制我一天只能上網一個小時。都是討厭的弟弟害的！

幸好黃子瑜「收留」了我，我常在假日去她家看電視、聊天和上網。黃

媽媽對我也很好，每次我去她家，黃媽媽都會拿出各種點心請我吃。更不可思議的是，她竟然知道葉王是誰，看到黃子瑜和黃媽媽像朋友一樣的聊天，也讓我羨慕不已。

有一次，黃媽媽問我，我在家裡和爸爸、媽媽都談些什麼，我想了老半天竟然答不出來。經黃媽媽這麼一問，我才發現我在家幾乎都躲在房間裡，很少和爸爸、媽媽講話，即使媽媽來敲房門想和我聊天，我也都回說沒空。我想，要是爸爸、媽媽知道我迷上漫畫人物，一定會罵我的。

這也是爲什麼我那麼喜歡到黃子瑜家。黃子瑜告訴我，只要是她喜歡的東西，不論是小說或漫畫，她都會拿給黃媽媽看，兩個人還會一起討論，難怪她和黃媽媽的感情那麼好。

「欣華，妳爲什麼不和媽媽聊聊葉王？」黃媽媽有一次向我提議。

「有可能嗎？」我覺得黃媽媽在開我玩笑。「我媽很嚴格，不要罵我就謝天謝地了！」

「不試試看怎麼知道。」黃媽媽說。

有一天晚上，媽媽又來敲我的房門，這次我打開門讓她進來。媽媽看到我滿桌都是葉王的圖片和漫畫書，並沒有說什麼，只問我葉王到底是女的還是男的。媽媽這個問題讓我足足笑了三分鐘，不過也因爲這個好笑的開始，讓我們母女聊了起來。

後來我才發現，原來媽媽小時候也是漫畫迷呢！我開始覺得媽媽和我是同一國的。更開心的是，以前有好多女生的事情不好意思問人，現在媽媽都可以替我解答。偷偷告訴你，媽媽後來比我還迷葉王呢！（吳梅東）

你在家會和爸爸、媽媽聊天嗎？

回到家當然是看電視或上網找網友聊天，和爸爸、媽媽有什麼好聊的？他們又不懂我們小孩子的世界，而且總是碎碎唸、管東管西的。

那可不一定，像黃子瑜，她把自己喜歡的漫畫人物和媽媽分享，和媽媽成了無話不談的好朋友，你也可以試試看啊！

大部分的父母都不喜歡小孩子看漫畫，黃子瑜的媽媽是特例啦！我們和父母有代溝，還是把自己關在房間裡，免得自找麻煩。

欣華一開始也是這麼想的啊！她一直認爲爸媽不會理解自己爲什麼喜歡葉王，所以不是整天待在房間裡，就是到黃子瑜家。她什麼事都告訴黃子瑜、甚至黃媽媽，反而和自己家人的關係很生疏。其實，很多問題都是她自己想像出來的，事實並沒有她想得那麼嚴重。

仔細想想，的確是這樣。

和家人關係不好，自己也不會眞的快樂。根據專家研究，和家人關係密切的人，不論唸書或工作都會比較順利、愉快，人際關係也比較好。我們只要每天花幾分鐘和家人相處，就可以得到這股力量，眞是再划算也不過了。

晚開的玫瑰花

立志，當下開始不嫌晚

二十七歲才開始用功讀書，來得及嗎？參加考試落榜了三次，還有可能成大器嗎？

在一千年前，宋朝有個人叫蘇洵，住在四川的眉州，他小時候不怎麼愛讀書，要他成天坐在書桌前啃書，眞是快悶死他了！

當時的眉州人並不重視教育，蘇洵的爸爸開風氣之先，送蘇洵的二哥去上學，蘇洵的兩個哥哥後來都中了進士。鄰居看了很羨慕，也紛紛送孩子去上學，還問蘇爸爸：「怎麼不督促蘇洵也好好用功呢？要是蘇家三個兒子都中進士，那多風光啊！」

蘇洵的爸爸笑了笑，只說：「時候還沒到，不必擔心他。」其實，蘇爸爸年輕時也不很愛讀書，等到年紀大了才開始求學問，以寫詩爲樂，他不覺得讀書要用逼的。

蘇洵也不是完全不讀書，他曾在十八歲時參加進士考試，但是沒考取，於是便結婚生子，除了工作養家，就是和朋友四處遊歷。

到了二十五歲，蘇洵體會到功名的重要，開始想讀書了。二十七歲時，他跟妻子說：「我相信我是讀書的料，就算現在努力也不遲。不過我得養家，恐怕沒辦法專心讀書！」

他的妻子非常賢慧，鼓勵他：「我早就想勸你讀書了！如果你眞的有心用功，這個家就交給我來扛吧！」

於是蘇洵不再四處遊歷，待在家裡準備了一年多，再次進京赴考，不過仍然沒有上榜。他不放棄，回鄉繼續苦讀，三十七歲時又赴考一次，還是名落孫山。

考了三次都落榜，蘇洵很懊惱，他把自己以前爲了準備考試而寫的幾百篇文章統統燒掉，說：「我一直爲了應付科舉考試而讀書，這樣是行不通的！」他下定決心，不再爲考試而讀書了！

此後，他專心鑽研古籍，務求把書本的內容融會貫通。書讀通了，他才重新提筆寫文章，因爲底子打得厚，下筆成章，筆鋒雄健，後來成爲史上知名的古文家。蘇洵的兩個兒子在他的薰陶之下，青出於藍，那就是大名鼎鼎的蘇軾（東坡）和蘇轍。

（李美綾）

生長在同一座玫瑰園裡的玫瑰，一定不會同時開花，有的早一點，有的晚一點，但是開出來的花都是一樣的美麗。換作讀書也一樣，對讀書的興趣，有些人開始得早，有些人開始得晚，但是只要肯下工夫，就能累積可觀的學識。

可是有些人就是不愛讀書耶！

遇到新奇的事物會想一探究竟，這種求知欲是人的天性。本來讀書應該充滿探索的樂趣，但許多人只爲了應付考試、甚至應付父母而讀書，當然覺得乏味囉！只要保持求知的熱誠，就會樂於學習，也會愛上讀書。

如果現在不想讀書，能不能等以後有興趣的時候再讀？

許多人不想讀書，不是因爲沒有求知欲，而是貪玩、怕吃苦，或是對自己沒信心，怕讀不好被人嘲笑；再不然就是考試考壞了，乾脆自暴自棄，不願意繼續努力。

其實，「年輕就是本錢」，趁著體力好、記性佳，讀起書來格外得心應手。年輕時愛玩是很正常的，但如果玩到荒廢了學業就很可惜了。

蘇洵真的很有毅力，但是讀書讀到LKK，値得嗎？

妳認爲讀書應該獲得什麼樣的獎勵呢？蘇洵的兩個哥哥都考取進士，他自己落榜三次，但後來只有他在文壇留名，和他的兩個兒子合稱爲「三蘇」呢！

讀書終究是讀給自己的，這跟打籃球、拉小提琴沒兩樣，專心去做，累積出成果，不管有沒有受到別人的肯定，自己就非常滿足了！

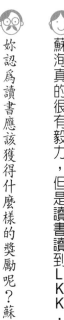

蘇洵有妻子幫他養家，並不是所有人都可以這麼幸運。

他的妻子的確很賢慧，讓他沒有後顧之憂。我們多數人在求學時也都有父母爲我們張羅生活所需不是嗎？我們有多少人懂得珍惜、把握這樣的幸運呢？

一次難忘的旅行

發現不同的時間觀念

幾年前，我到遙遠的西昌開會，西昌位於四川西部，是彝（一ˊ）族的大本營。彝族人熱情好客，使我留下深刻的印象，但記憶更深刻的，是此行的瀘沽湖之旅。

那次開會，大會安排我們到雲南、四川交界處的瀘沽湖旅遊，爲期三天兩夜。但是我的回程機票已經預訂好了，爲了趕搭飛機，只能在瀘沽湖過一夜，然後趕回西昌，搭當晚的夜車到昆明，這樣才能趕上第二天上午昆明飛香港的班機。

我們上午八時出發，中途在鹽源休息一個小時，又遊歷了幾處名勝，當晚九點左右才到達瀘沽湖。吃過晚飯，大夥參加當地原住民——摩梭族的營火晚會。第二天，我起個絕早，一個人在湖濱繞了約兩個小時，算是到過瀘沽湖了。

早晨八時正，坐上小吳的吉普車，開始這天的征途。小吳家住鹽源，在瀘沽湖當警察，那天他要回家省親，順便載我一程。我要到鹽源搭下午一點鐘開的最後一班客運趕回西昌。

山路曲折，路面又不平整，但小吳開得飛快，我說不急，小吳搖搖頭說：「少數民族沒有時間觀念，我們到得愈早愈好。」一路顛簸，驚險萬分，十二點二十分到達鹽源，我建議找個餐館吃點東西，但是小吳鄭重的說：「我們還是先到車站看看。」

到了車站，發現開往西昌的班車正要開走！這是最後一班車，我非得搭上不可，要不是小吳一踩油門，把客運擋住，我就肯定趕不上了！

車上已沒有位子，司機讓我坐在駕駛座旁邊的地板上。我問司機：「不是一點鐘開車嗎？」

司機以不怎麼順暢的漢話說：「人坐滿了就開。」

「如果沒坐滿呢？」我問。

「就等等嘛，不過只能等到兩點，等晚了，山路不好開。」

就在天黑以前，車子到達西昌，我隨即趕到飯店取行李，沒想到又出狀況了——管理員並沒按照約定在飯店等我。服務生幫我接通電話，管理員在電話那頭笑著說：「不好意思，我忘了。你等一會兒，我馬上就來。」

等了將近一個小時，管理員才姍姍來遲。我壓制住自己的情緒，盡量以幽默的口氣說：「爲了等妳，我還沒吃晚飯呢！」

管理員笑著說：「我餵女兒吃飯，只餵了一會兒就過來了，我不是說一會兒就來嗎？」

原來將近一個小時叫作「一會兒」！管理員熱情的邀我到她家吃飯，我婉拒了。爲了避免再出狀況，叫了一輛計程車，提前趕到火車站。這一天，直到上了火車，找到自己的臥鋪，緊繃的神經才算鬆弛下來。

（張百器）

太誇張了，怎麼「一會兒」竟是一個小時呢？

時間的觀念因人而異，有些人覺得遲到五分鐘沒什麼大不了，有些人可

能要急得直跳腳！至於生活型態不一樣的人，時間的觀念可能更加不同。工商業社會分秒必爭，短短幾分鐘都要計較；但在傳統的農業社會，還是以自然的時間爲依據，例如日出日落、時辰、節氣等，步調顯得緩慢從容多了。

少數民族真的沒有時間觀念嗎？

小吳的意思是，當地的少數民族因爲還過著傳統的農業生活，時間觀念與過工商業生活的漢人有所不同，並沒有誰比較好、誰比較不好的意思。不過如果彼此的時間觀念相差太大，就比較容易發生誤會或衝突。

嗯，像我阿嬤就跟我們有些不一樣。她用的是農曆，生日也是依農曆來過，每次跟她討論今天幾月幾日，我們兩個常常都雞同鴨講，弄得一頭霧水呢！

改變命運的袁黃

在有限的人生中創造自己的命運

相信命運的人都會說，一個人的發展和成就，都是老天安排好了的，半點由不得人。其實命運是可以改變的，明朝的袁黃就是最好的例子。

袁黃的父親早死，母親要他學醫維生。其實當時考秀才、舉人、進士才是正途，醫生並不是受人尊敬的職業。由於袁黃家裡窮，只好放棄讀書、考試的路。

有一次，一位姓孔的白鬍子老先生替袁黃算命，說他明年會中秀才，而且連他會考第幾名都算出來了，勸他趕緊去讀書。於是袁黃便不學醫了，專心準備考試。果然，第二年他縣考十四名、府考七十一名、道試第九名，中了秀才！

孔老先生又算袁黃的一生，把他未來的遭遇詳細的告訴他：某年的歲考、科考各第幾名，哪一年補廩生，哪一年保送進國子監（相當大學）；一輩子不會中舉，但進國子監後的第幾年，會被挑選擔任四川某縣的縣丞（副縣長），三年半後辭職回家。孔老先生還預測，袁黃會在五十三歲那年去世，而且這輩子不會有兒子。

此後袁黃的每次考試，結果都和孔老先生算的一模一樣，使袁黃更加相信命運是注定的，也因此一點鬥志都沒有了。

當時南京、北京各有一個國子監，袁黃進入南京國子監，報到前先去棲霞山拜訪雲谷和尚。老和尚發現他的情緒沒一點波動，幾乎是修行的最高境界，大爲驚奇，問他是怎麼做到的。

袁黃把經過告訴老和尚，說：「我這輩子都被孔老先生算準了，凡事都已注定，還會有什麼妄想？」

老和尚聽了，大笑說：「我本以爲你不是普通人，誰知道不過是個凡夫俗子！」

「可是命運能改變嗎？」袁黃問老和尚。

「命運是自己決定的。只要多努力，多做好事，就可以不受命運左右了。」老和尚說。

袁黃聽了老和尚的話，從此開始多做好事，也更用功讀書。隔年的科考，算命原說是該三等的，卻得了一等，到了秋天還中了舉人。孔老先生的預言開始不準了。

袁黃再接再厲，更積極做好事、努力上進，結果考中了進士。他從縣長幹起，做過兵部主事（國防部處長）、給事中（監察委員），直到七十四歲才去世。而且他後來生了一個兒子——袁儼，也中了進士。（楊龢之）

如果能像袁黃一樣，事先就知道自己的命運，知道什麼時間做什麼事，那該多好！

許多人都想預知自己的未來發展，但這好比看電影，如果還沒開始看就知道結局，還有什麼意思呢？

袁黃努力奮發後，孔先生的預言就開始失靈了，那到底有沒有命運呢？

這有不同的說法，好比每個人天生家庭環境不同，長相、智力、體能都有差別，這些對以後的發展是可能有影響，也可以算是一種命運。不過，先天條件類似的人，發展也會不一樣。比如窮人家子弟有些特別努力，後來成爲傑出人物；有些自暴自棄，最後一事無成。有聰明才智的人讀起書來很輕鬆，但有的卻動歪腦筋危害人群。這些可不能說是命運造成的！

先天條件不如人，不是很不公平嗎？

是不怎麼公平，好比家裡窮、頭腦又不特別好，當然會比別人辛苦。這是無可奈何的事。不過，有一件事卻是公平的，那就是每個人一天都只有二十四小時，就看你怎麼運用了。當袁黃整天靜坐，什麼書都不讀，自然按著孔先生推算的一步步走；一旦發憤圖強，際遇也跟著改變了。

關鍵在於選擇。同樣的一段時間，我們可以選擇聽音樂、看書或打電動，也可以選擇和朋友聊天扯淡……一次次的選擇累積起來，不就構成命運了嗎？

蔡志忠談善待生命

生命之所以美妙，是因為每分每秒都不同

（李美綾）

蔡志忠，彰化人，自小喜愛閱讀，也喜歡畫畫，十五歲輟學北上，四年內為出版社畫了兩百多本漫畫。退伍後擔任電視美術指導，並投入卡通影片的製作。一九八三年起，在雜誌、報紙連載漫畫，獲得海內外讀者熱烈的回響。興趣廣泛，深入接觸中國古籍和佛書，並以此為主題創作漫畫，深獲好評。

畫畫是您最喜歡的事，這個興趣是怎麼開始的？

我跟大部分的人不太一樣，因爲我有幸活在父母沒有望子成龍、望女成鳳的時代。在我小時候，不認識字、沒有讀過書的人超過一半，少數像我爸爸那樣的讀書人非常少。小學是義務教育一定要唸，但父母沒有要求一定要唸初中。功課好的學生，老師都要去求他父母：「給他考初中啦！報名費我幫你出。如果考上了，第一學期的學費我也幫你出。」都這樣說了，父母還不答應。所以如果我們變成車夫、農夫或木匠，都是出於自己的意願。

我一出生就受洗爲天主教徒，我媽媽很虔誠，每次做禮拜都把我放在教堂的育嬰房，所以我一、兩歲開始就接觸到大力水手、米老鼠的彩色漫畫。

四歲半的時候，我發現我的才華是畫畫。我爸爸是全鄉書法最好的人，他拿魯凱族人蓋房子用的黑色石片，旁邊用木框框起來，再拿類似冬瓜糖那樣綠色透明的石頭，讓我在石片上畫畫。他教我寫字，也教我寫自己的名字，我學好名字之後都在畫畫，所以四歲半我就決定以後要做漫畫家，十五歲就到出版社當畫家。

學歷有沒有影響過事業的發展呢？

曾有人問我，怎樣才能當漫畫家？我跟他說，要讀很多的書，知道很多別人想知道、但還不知道的事，才能畫出讓人感興趣的漫畫。但是讀書和待在學校是兩回事。愛因斯坦說過，他最大的懷疑就是學校竟然沒有把他的天才抹滅掉。

我認識一個女孩子，存了二十萬去美國讀書，唸了一年，第二年就沒錢了。她抱怨自己想唸書卻無法完成理想。我問她：「妳真的想唸書嗎？」她說：「對啊！」我告訴她：「妳是什麼都要才對吧！又想唸書，又想留在美國，又想跟妳男朋友住在一起。要是想留在美國，又想跟男朋友住在一起，妳就嫁給他啊！妳說想唸書，可是我躺在浴缸裡看的書都比妳多。」唸書哪裡不能唸？一定要拿二十萬到美國唸嗎？這都是藉口。

潛意識裡要的，跟嘴巴講的不一樣，說出來只是想令自己相信。

聽說您最近在研究物理，有什麼學習的訣竅？

我從小就很愛讀書，小學三年級就看完所有我能看到的書。我什麼都看，而且進去很深，直到進去得不能再進去爲止。我差不多可以確定，全台灣看書比我多的不會超過五個人，其中有一個人一定要尊重，不然他會告我，那就是李敖。

對我來說，看書是一種顯影，像洗照片。比如說讀量子力學，剛開始黑黑一片，什麼都看不到；然後開始了解量子力學的架構，雖然細密結構還不是很清楚，但是架構已經出現；等到後來愈看愈多，再補上一些細部的東西。所以看十本量子力學，就不需要花十倍的時間，因爲基本上講的都一樣，只是有些會提到其他本沒提過的。

有了架構，就不必全部看，只要注意沒講過的部分。如果講的不一樣，可能就要修改原來的架構，或推翻書中所寫，這樣顯影就會愈來愈清晰。

很多書裡談的都沒什麼不同，整大段浮光掠影看過，這樣不是很快嗎？如果看書只是「跟」著看，那不是很不明嗎？這就是讀書態度的不同。

您如何規劃自己的時間？

管理時間，就是管理自己的大腦、自己的系統。我所有櫃子裡的卷夾有八百多個，裡頭有三十年來的所有東西，要的時候，一定可以在二、三十秒內拿出來。

我使用時間的方式跟別人不一樣。好比給零用錢，如果每一秒鐘給一塊錢，一輩子約有二十二億。只有一塊錢，什麼事都不能做；但一次拿十年份的時間，也就是整塊時間，就可以充分的運用了。

您對生命的看法？

世界之所以美麗，是因爲有多樣性，有牡丹、小菊花、蒲公英。如果全世界都是牡丹花，那多乏味？如果全世界都是石頭，那就變成地獄了！

生命之所以美妙，也是因爲每分每秒不同。例如年少時會有很多想法；成年時有能力，但沒那麼多想法；到了老年，有時間、金錢，但是沒有能力了。每個階段不一樣，重要的是隨時扮演恰如其分的角色。

生命不外乎每分每秒相加，每一秒都是生命的一部分。生命就像一串珠子，也許有一段顏色比較差，但你不可能剪掉那一段，不可以說「這一部分很討厭，我不要！」因爲這是全部。善待生命，就是善待每一分、每一秒，善待任何時空所接觸到的任何人。

The Eurasian Publishing Group
圓神出版事業機構
用心與你對話．視野無限寬廣
圓神出版社
Eurasian Press

http://www.booklife.com.tw　inquiries@mail.eurasian.com.tw

說給我的孩子聽 02

面對人生的10堂課——時間

發 行 人／簡志忠
出 版 者／圓神出版社有限公司
地　　址／台北市南京東路四段 50 號 6 樓之1
電　　話／（02）2579-6600．2579-8800．2570-3939
傳　　真／（02）2579-0338．2577-3220．2570-3636
郵撥帳號／18598712　圓神出版社有限公司
副總編輯／陳秋月
主　　編／林慈敏
策　　劃／簡志忠
審　　定／張之傑
套書主編／李美綾
插　　畫／吳司璿
責任編輯／李美綾
校　　對／李美綾．傅小芸
美術編輯／劉鳳剛
排　　版／莊寶鈴
印務統籌／林永潔
監　　印／高榮祥
總 經 銷／叩應有限公司
法律顧問／圓神出版事業機構法律顧問　蕭雄淋律師
印　　刷／龍岡彩色印刷
2005年5月　初版

定價 250 元　ISBN 986-133-065-8

國家圖書館出版品預行編目資料

面對人生的10堂課．時間 / 林慈敏主編.
-- 初版. -- 臺北市 : 圓神, 2005[民94]
面； 公分. -- (說給我的孩子聽系列 ; 2)

ISBN 986-133-065-8 （精裝）

1. 親職教育 2. 父母與子女

528.21 94004313

請貼郵票

圓神出版事業機構 收

105 台北市南京東路四段50號6樓之一
Tel：02-25796600 Fax：02-25790338

對折黏貼後，即可直接郵寄

圓神 20 歲 禮多人不怪

您買書，我送愛之旅，一年 100 名！

圓神 20 歲，我們懷著歡喜與感激。即日起，您每個月都有機會免費搭乘世界級的「皇家加勒比海國際遊輪」浪漫海上愛之旅！

我們提供「一人得獎兩人同遊」．「每月四名八人同遊」」．「一年送 100 名」的遊輪之旅，希望您和所愛的人一起分享親情、友情、愛情，共度驚嘆、美好的時光……圓夢大禮，即將出航！

圓夢路線：

❶購買圓神出版事業機構（包括圓神、方智、先覺、究竟、如何）任何一家出版社於 2005 年 3 月～ 2006 年 2 月期間出版的任一新書。

❷填妥您的基本資料，貼上郵資，投遞郵筒。您可以月月重複參加抽獎，中獎機會大！

❸活動期間每月 25 日，將由主辦單位公開抽出四名超幸運讀者！這四名幸運讀者可帶一位親友免費同行；一人中獎，兩人同遊！

❹活動期間每月 5 日，將於圓神書活網公布四名幸運中獎名單。

注意事項

❶中獎人不能折現。

❷中獎人出遊時間選擇（2005 年、2006 年各一次），其正確出發日期與行程安排，請依皇家加勒比海國際遊輪公司之公告。

❸免費部分指「海皇號四夜遊輪住宿行程」。

❹「海皇號四夜遊輪」之起點終點都在美國洛杉磯，台北－洛杉磯往返機票、遊輪小費、碼頭稅等相關費用，請自行付費。

主辦：圓神出版事業機構　　**贊助：皇家加勒比海國際遊輪** www.royalcaribbean.com

活動期間： 2005 年 3 月起～2006 年 2 月底

參加 圓神20全年禮 抽獎／讀者回函

姓名：　　　　　　　　　　　　電話：

通訊地址：

常用 email ：

一定可以聯絡到的電話：

這次買的書是：

服務專線： 0800-212-629 、 0800-212-630 轉讀者服務部

說給我的孩子聽系列　**面對人生的10堂課**

說給我的孩子聽系列　**面對人生的10堂課**